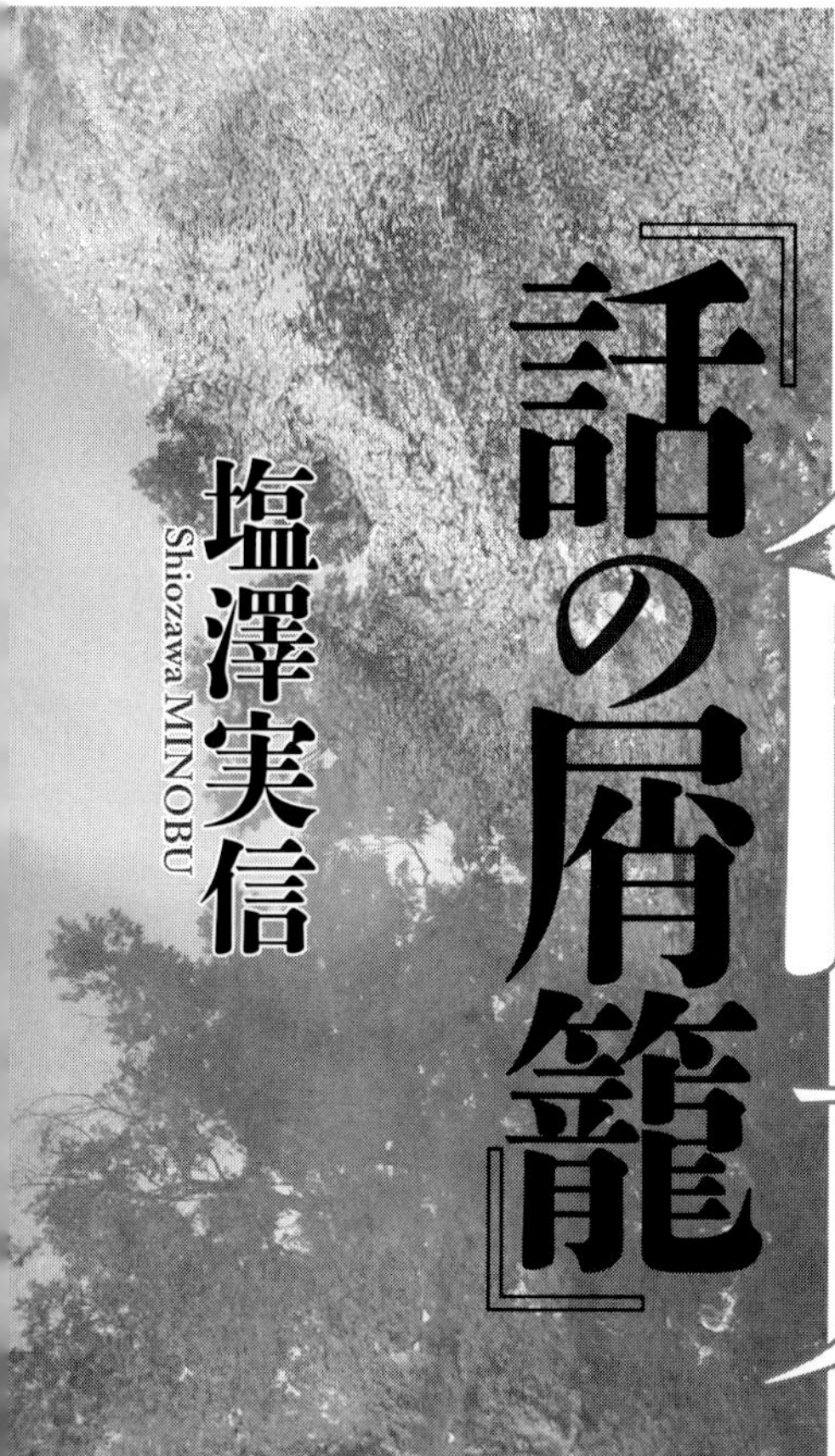

人間力

『話の屑籠』

塩澤実信
Shiozawa MINOBU

展望社

人間力『話の屑籠』◎もくじ

第一章

小説家の生き方

第二章　活字に残る逸話

第三章　男の顔は〝履歴書〟

第四章　歌に魅せられた人生譜

第五章　マルスに憑かれた時代

第一章

小説家の生き方

岩波・漱石・風太郎

漱石が書いた看板文字

出版界の落穂拾いのような方便《たつき》に転じて三十数年を閲《けみ》したが、この仕事を通してのよろこびは、出身の地を信州にもったことである。

岩波書店、筑摩書房、みすず書房、理論社といった理想の高い出版社の創業者と、同県人であるよすがであった。わけても、諏訪出身の岩波茂雄が始めた岩波書店の存在は、私の大きな励ましになった。

その岩波書店が、平成二十五（二〇一三）年に草創百年を迎えている。

長野県下をカバーする信濃毎日新聞社は、連載企画で岩波の軌跡を丹念に辿っていた。

「正義は最後の勝者なり」の高邁《こうまい》な挨拶文を送って、困難な出版社を興し、百年後も営々と続いているケースは、嬰児死亡率が高いといわれているこの業界では稀有であろう。

成功した第一の因は、「低く暮して高く想ふ」を信条とする岩波茂雄の強靭《きょうじん》な生き方と、創業当初、最高の文化人、夏目漱石の知遇を受けたことにあった。

夏目漱石が揮毫した切り貼りの「岩波書店」

岩波は、信州人に通弊《つうへい》な権威主義者の一面を持っていた。書店経営にあたって、生涯各界の最高権威をつかむことに努めた。その最初のあらわれが店の看板を、当時、文学・文化界を通じて最高と目された夏目漱石に揮毫してもらったことだった。

第一高等学校で落第したため、一年下の安倍能成と知り合い、彼が後年、漱石門下の「木曜会」メンバーになったことから、安倍を通じて漱石に近づく機会を持った。

安倍能成の『岩波茂雄傳』には、そのあたりが次のように記されている。

「漱石の『こころ』の自費出版が、岩波の大をなす基礎になったことは争はれないが、これより先き、開店当時のことだったらうか、漱石に店の看板を書いてもらいたいから、私に一緒にいってくれとのことで、岩波は初めて漱石山房をおとずれた。漱石は即座に快諾して、『岩波書店』と大書してくれた。この時の文字が店の額となり、又屋上の看板に金文字でかたどられて居たが、額も看板も大正十二年の関東大震災で焼失した」

岩波茂雄

安倍のこの説は、一般には定説になっているようだが、私が漱石の生前を知る最後の人、長男純一の最晩年に聞いた話では、いささか異説に過ぎた。

岩波茂雄が安倍能成に伴われて漱石山房を訪ね、緊張のあまり五分刈りの頭から首筋にかけて、汗をびっしょりかきながら、看板文字の揮毫を頼み、文豪が承諾したのは事実だった。

「けれども、字はなかなか書き上げらなかったんだよ。いろいろ書いてみたものの、おやじの気に入った字が書けない。それで渡さないままで暫く過ぎたんだね」

純一は、八十年余前の記憶をたぐり、母鏡子から聞いた話で補って、私に伝えてくれたのは、岩波茂雄のあまりにも〝岩波茂雄的〟な話だった。

最高の文化人をつかむ

純一が私に話してくれたのは、次の通りだった。

「岩波さんは大変せっかちな方だろう。おやじが気に入った字が書けなくて渡せない理由を知らばこそ、シビレをきらしていたんだろうね。ある日、漱石山房を訪ねると「岩波書店」と大書した書きそこないの紙が、書斎に何枚も散らばっていた。岩波さんはおやじがちょっと座を外したスキに、無断でその何枚かをフトコロに入れてしまったんだね。おやじは気に入った字以外には、絶対に署名はせず、反故《ほご》は焼いてしまう習慣があった……」

茂雄は畏敬する文豪のその習慣に逆らって、あたふたと書きそこないの文字を持ち帰り、「岩はこの字」「波はこれだ」と気に入った字を選んで、切り貼りをしたのである。

最晩年の夏目純一と塩澤（夏目家の書斎にて）

四十九歳で死去した父漱石より、四十四年も長生きした純一は、岩波茂雄のその行為をいかにも面白そうに、私に話してくれて
「岩波書店の看板に、おやじの署名も捺印もなく、よく見ると不揃いなのは岩波さんの切り貼りの故いだよ」

と、笑ったものだった。

看板の一件は、文豪を怒らしたものの、岩波の率直で商売下手。裏表《うらおもて》のない誠実さが、ほどなく怒りを治らせ、好感をもって迎えられるようになった。それが『こころ』が岩波書店の処女出版に結びつく運命の伏線になり、ひいては文豪の没後『漱石全集』の刊行先となる幸運を手繰《たぐ》り寄せたのだった。

安倍能成は、その件を次の通りに述べている。

『こころ』の出版は、岩波が漱石のものを出したいと願った時、外からもうるさく頼んで来るので、漱石も一つ自費で出して見ようかという気になったのだが、何しろ駆け出しの書店が当時第一の流行作家のものを出したいという、世間への信用の獲得、その後『硝子戸の中』『道草』を引き続いて出版して、漱石全集の出版元になる要因を作った。

漱石は『こころ』の出版にあたって、装幀まで自分で考え、支那古代の石鼓文の石摺りから取った文字を試みていた。

没後、全集を出すようになった時、評議の末に、漱石自装を襲用することになって、日本における完璧な全集に成長する『漱石全集』の原点になっている。

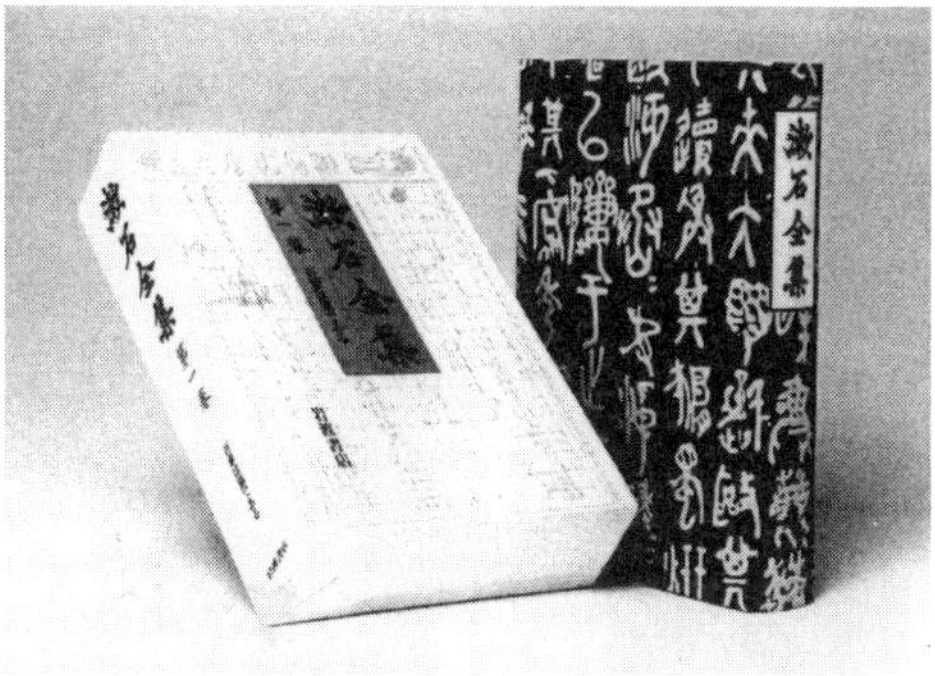

漱石自装を襲用した『漱石全集』

出版社を経営し、成功に導く不可欠の要素の第一は、すぐれた著者をつかむことだ。岩波茂雄はそのスタート点において、最高の文化人と理想的な形で結ばれたのである。

文豪に連なる流れが、岩波書店の出版物に加わったのは自明の理で、狩野亨吉《こうきち》、小宮豊隆、寺田寅彦、阿部次郎、正岡子規、野上豊一郎、芥川龍之介、森田草平、松根東洋城、鈴木三重吉……あるいは和辻哲郎、西田幾多郎、田辺元など、当代一流人物の著作物刊行が可能になり、第一級の良心的出版社に成長していくのである。

岩波茂雄は、創業早々に夏目漱石と太い紐帯を結ぶ「運」をつかんだと見ていいだろう。

漱石と忍法帖作家

男性の平均寿命が八十歳のいまから考えて、夏目漱石の四十九歳の死は、いかにも早すぎた。文豪は、未刊の作品となった『明暗』を執筆中で、百八十八回を書き終わり、次の原稿用紙の右肩に189としるしたのち、胃の調子が悪いのに、築地精養軒 辰野隆の結婚披露宴に出席したのが、死期を早める結果になった。絶筆は、『明暗』百八十八回執筆後、次の原稿の右肩にしるした「189」だ。

敗戦の年の昭和二十年、東京医専の学生として、学級ぐるみ信州の飯田へ疎開してきた山田誠也が、世界の文学の中で最も愛読したのが漱石の作品だった。

後年、忍法・推理・明治開化もので盛名を成す山田風太郎その人である。彼は古今東西の名高い人物のいまわの様を、大部な『人間臨終図巻』にまとめていて、その漱石の項には文豪の死生観から、久米正雄の『臨終記』、松根東洋城の『終焉記』、内田百閒の『漱石先生臨終記』などを詳細に引用した上で、

「ああ、それにしてもあと数カ月の生命を与えれば『明暗』は漱石の最高傑作として完結していたであろう。これこそ、もう少し生命をやりたかった最大の人」

と長嘆息していた。

山田風太郎には、週刊誌編集時代にたびたび会って、連載小説をいただいたり、奔放なブラックユーモアの饗宴を受けたものだが、こと漱石に話題が及ぶと、とどまるところを知らなかった。

風太郎は漱石を愛読したばかりか、忍法帖を長短編合せて百遍以上書いた後、前人未踏の明治開化小説で新境地を拓き、得意とする『山田風太郎明治年表』を作成し、漱石と樋口一葉を会わせたり、明治三十年代にロンドンに留学した漱石と、シャーロック・ホームズが邂逅するミステリーを書いていた。

漱石死去二年前の写真、次男伸六（左）、長男純一（岩波書店の看板はこの頃書かれている）

年表には、歴史の時間と空間を一望のもとに俯瞰できる面白さがあるわけで、風太郎の着想は、同時代の同日同時刻に、小説の主人公と同時代に生きた人物が、何処で何をしていたか、いかなる状態にあったかを知ることに

旧千円札の肖像にもなった漱石

よって、空間的な面白さが発生するということだった。

旧千円札の肖像になった夏目漱石と、五千円札の樋口一葉との出会いは、『警視庁草紙』の中に描かれていた。

慶応三（一八六七）年に生まれ、大正五（一九一六）年に死去した漱石と、明治五（一八七二）に生まれ、明治二十九（一八九六）年に二十四歳の若さで没した一葉が会ったのは、生後間もなく里子に出され、四歳の時塩原家の養子となった金之助（漱石本名）七歳の時に設定されていた。

蒼白い顔にかすかに痘痕《あばた》あとがある利口そうな七歳の男の子が、朱塗りの格子越しに当時二歳の樋口夏子（一葉本名）の手を握ったというフィクションであった。

風太郎は、敗戦の日を飯田市で迎えていた。当時の『戦中派不戦日記』は、名うて読書人丸谷才一をして「この本の資料ないし記録としての価値はすこぶる大きい」の高い評価をうけているが、彼は

「だが『戦中派不戦日記』にはもう一つ、ある青春の魂の告白といふ側面があって、それがこ

の上なく心を打つ。山田風太郎はその後、これをしのぐ作品を書いてゐないやうな気がする」という絶賛を、昭和四十六（一九七一）年三月に「週刊朝日」の書評で受けていた。

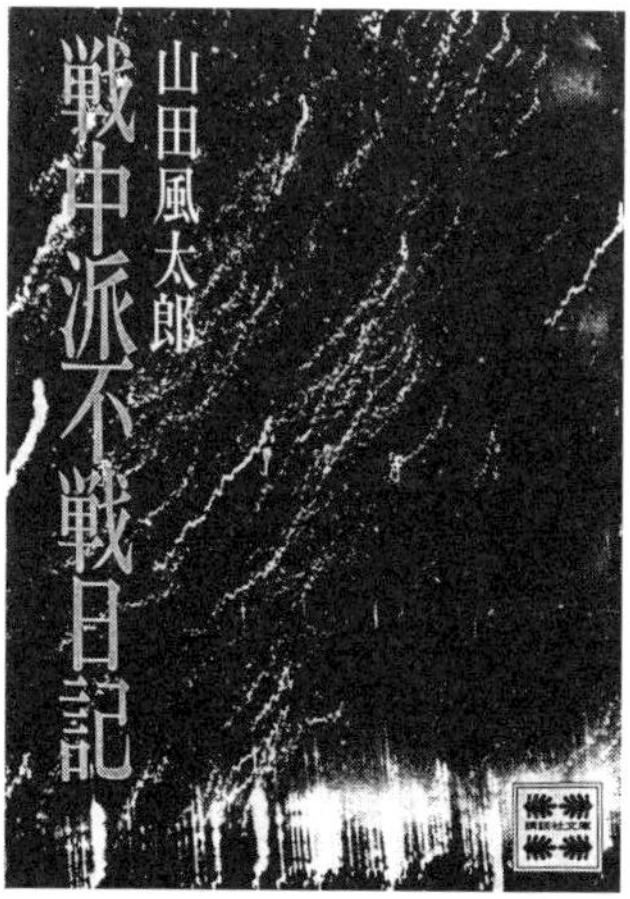

山田風太郎「戦中派不戦日記」のカバー

山田風太郎と塩澤

国民作家の〝ページの風〟

原稿は足で書く

「伊那乙女　一人貫ふて　帰りたや」の一句は、〝国民作家〟吉川英治が、名勝天龍峡に遊んだ折に詠んだ川柳である。

地元の乙女子たちの心をこめた歓待に、感激して詠んだと聞いているが、彼は時代・歴史小説で名を成す前、吉川雉子郎《きじろう》の筆名で川柳に親しんでいた時期があった。

雉子郎を名乗ったいわれは、少年時代に家運が傾き、小学校も中退して働きはじめた時、十一歳の英治を頭に七人の子を抱えた母が、寝食を忘れ働く姿に感動して、母性愛の権化とたとえられる雉子に母の姿影を重ねている。

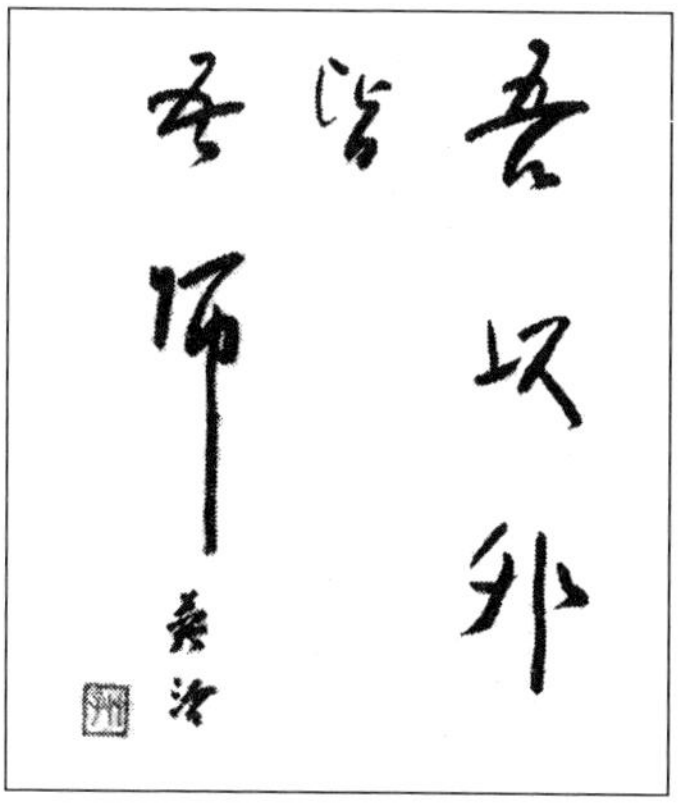

吉川英治座右銘「我以外皆吾師」

「我以外皆吾師」を座右銘に、「大衆即大知識」など、苦労人の文豪は、幾多の箴言を残していた。

その中で私の好む訓えは、「朝が来ない夜はない」と、「ページの風」である。

前訓は失意にある者、苦境に陥っている人を力づけ励ます箴言としてよく知られている。

「ページの風」は、限られた出版関係者にしか知られていないのではないか。

私にこの教訓を親しく教えてくれたのは、戦前、「主婦之友」誌の編集長として君臨し、〝大本郷〟の異名を奉《たてまつ》られていた本郷保雄だった。

戦後は小学館の姉妹社・集英社専務に迎えられ、「明星」を手はじめに、ミリオン雑誌を次々に育てて、同社を大出版社に躍進させた編集の匠《たくみ》であった。

その本郷保雄に、「主婦之友」時代の体験を聞くべく面晤《めんご》の折、拙著の一冊を贈ったところ、先達はパラパラと一瞥《いちべつ》しただけで、

「いい本をお書きになりましたね」

と、眼鏡の奥の瞳をなごませて言ってくれたのである。

その間、ある個所やページに視点を凝らすことなく、

パラパラと二、三回、ページの風を起こしただけで、「いい本を…」の判断。その見事な早わざに、唖然《あぜん》として理由をただしたものだった。すると、本郷保雄は、

「これは吉川英治先生に教わったものです。先生は、新しい本を手にされると、常にこの方法で本の良し悪しを判断されていました。内容のない本は、このページの風によって、活字が吹き飛んでしまうというのですね」

と説明された。

精魂を傾けて書いた文章でないかぎり、微風ともいうべき〝ページの風〟に耐えられないの「我以外皆吾師」の訓えだったのだ。

拙著が、大本郷と謳われた名編集長の〝ページの風〟に耐えられるなんて、信じ難いことで、大きな励みになった。

いま一つ、もの書きになった初期の段階で、出版関係には定評のある朝日新聞の読書欄にかなりのスペースをさいて、拙著がとりあげられたことも、その後の生き方の追い風になったのは、偽りないところだった。

昭和五十五年七月七日付の「著者との一時間」に、『本と人間のドラマ　10社の決定的瞬間再現』の見出しで、きわめて好意的に取りあげられていた。

「コンピューターでも予測できないのが出版の当たりはずれ。不確実性の時代に新製品を売り

出すのは一種のかけかもしれない。

『ところが出版社にとっては年間を通じて売り出す一点一点の本が新製品でしょ。それだけリスクも大きくなる』

全国三千七百余の出版社から十社を選び、『出版社の運命を決めた一冊の本』を書いた動機は、『編集者への応援歌のつもり。（中略）』

吉川英治

この本は出版界を扱っているが、本作りをめぐる人間くさいドラマでもある。作家はもちろん、ふだんは舞台の裏方に徹している名編集長や経営者たち百人あまりが実名で登場。運命の一冊に仮託して、現代出版社の決定的瞬間を再現してみせる。（後略）」
つづいてNHK教育セミナー三週間連続の「現代社会の構図・出版界最前線」のメイン解説者に招かれた

ことから、出版界の落穂拾いの体のライターに原稿依頼が細々と来るようになった。

以降、三十余年にわたり、リアルタイムで総売り上げが─巨大企業一社の総利益にも充たない二兆数千億円の出版業界をターゲットに、虚仮《こけ》の一念で何十冊かの著書を上梓してきたのである。

蘇った拙著十四冊

もとより売れ筋の小説や、ノンフィクションと異なり、俗に業界本、ひろい意味で専門書の範疇に入るこのテの本の売れゆきは、高が知れていた。

多少の話題になっても、過半は年間数万点は出版される新刊の激浪に、たちまち巻き込まれ、攪拌《かくはん》されて沖合に押し流され、消えてゆく運命にあった。

私が三十余年間に書いてきた出版を中心の拙い本も、紛《まぎ》れもなく消え去って、わずかに生み出した者の貧しい書架の片隅に、埃《ほこり》をかぶって哀れな姿をとどめているに過ぎなかった。

ところが、ここに来て「死んだはずだよ、お富さん！」ならぬ、消えたはずの拙著の十数冊が『戦後出版史』のタイトルの下に、蘇えることになったのである。

この大部な本は、現在出版界にシンラツな提言をつづける少壮評論家小田光雄の〝ページの風〟に耐えた拙著十四冊から、抜粋引用の手法で六章立てのセレクション仕立てで編まれることになった。

小田光雄は、昭和二十六（一九五一）年静岡県に生まれ、早稲田大学卒業。出版、書店の経営に携わった後、執筆に転じていた。

著書の数は多く、『図書館逍遥』『文庫・新書の海を泳ぐ』（編集房）、『書店の近代』『ヨーロッパ本と書店の物語』（平凡社新書）、『出版社の危機と社会構造』『出版社と書店はいかにして消えていくか』『ブックオフと出版業界』『古本探求』『古雑誌探求』（論創社）、訳書『エマ・ゴールドマン自伝』、エミール・ゾラ『ナナ』『パスカル博士』ほか、論創社のホームページに『出版状況クロニカル』を連載し、書籍化していた。

この経歴と著書群が物語るように、日本の出版界を語らしめたら、現在彼の右に出る論客はいないと言われていた。その小田光雄が、非才の出版物に着目したのは、業界の未曾有の危機脱出の手段に、先人たちの労苦に充ちた歴史に学ぶ必要性を感じたことからだった。

彼は「まえがき」に次の通りに書いている。

「出版史を振り返り、その歴史を学ぶことによって、現在の危機を打開するための視点を模索すべきなのではないだろうか。

しかしそのように考えてみても、再販委託制下の戦後出版史のコンパクトな一冊は見つからない。そこで思い浮かんだのは、塩澤実信の戦後出版史をめぐる著作群だった。塩澤は最も精力的に戦後出版史を書き続けた著者であり、その著作は三十冊を越えている。

彼の著作群を素材にして、戦後出版史を眺望する一冊が編めるのではないかと思った」

このように述べる小田は、拙著を精読してくれた上での、十四冊をテキストに選び、抜粋引用の手法で六章立ての『塩澤実信　戦後出版史セレクション』の編纂を試みたのである。

彼の心づもりでは、コンパクトな一巻本を想定していたらしい。が「面白く読めることも編集方針にしていたので、捨てるのには惜しいエピソードが多く」、予想外の八百ページに近い四六判上・下巻で刊行することになってしまった。

しかし、読者層が限られたこの種の本を、二冊に分けては成功におぼつかない。どうすべきかを、編集の小田光雄、私、出版元の論創社社長森下紀夫の三者が、膝《ひざ》を交えて検討を重ねた末に、A5判、二段組、写真も多く収録して四百数十ページの一冊で刊行することに、決まったのである。

タイトルも、当初は『戦後出版史セレクション』にする予定だった。が、セレクション――選択する、展示を意味する馴染みの薄い横文字では、さらに読者を遠ざけるだろうと、『戦後出版史』をメインに、サブ・タイトルに「昭和の雑誌・作家・編集者」を添えることにした。

六章立てに仕上がった『戦後出版史』は全ページにわたって、私自身の出版・編集者体験と、眼の高さで物語られていた。

編者の小田光雄はそのあたりを「すべてが具体的に語られた出版史で、雑誌や書籍とともにかならず、出版社だけでなく、出版者、編集者、著者も登場し、塩澤の視点から見られた戦後出版に見られた戦後出版に関する長編ドラマのように仕上がっていることも付け加えておくべきだろう」と強調されている。

犀利な評論家の〝ページの風〟に耐え（？）て編まれた『戦後出版史』が、読書に通じた賢者の眼に、どの程度の評価をいただけるかわからない。

ただ、私がこれまでに書いてきた出版ものは、すべてがフィールドワークの所産であって、

『戦後出版史一昭和の雑誌・作家・編集者』（論創社刊）

学者の研究や研究者の面々のデスクワークでまとめた高尚な本とは、一線を画している。

膨大な文献資料を集めて、註釈・注解する類いの高邁《こうまい》な論文には及びもつかない愚書かもしれない。

が、私が書いてきた本には、論文、紀要に寄せられたものには、いちばん欠けているヒューマン・ドキュメントを、行

間に色濃く塗りこめているつもりである。

雑誌、書籍づくりほど人間臭い仕事はないと確信する愚生の、半世紀にわたる体験を背景にした出版をめぐるドラマが、再現されたわけである。

曲がりなりにも、そのチャンスにめぐまれた末期高齢者の〝おらが春〟は、一茶の名句「しあわせも中位なり」といったところか。

雀聖いねむり先生の夢

雀聖といわれた作家

伊集院静の『いねむり先生』が話題になった。同書の帯には、「絶望からの再生─あなたが求めれば、優しく手を差しのべてくれる人が必ずいる」と書かれ、さらに「作家にしてギャンブルの神様、色川武大と過した温かな日々」との駄目押しがあった。

この惹句を読めば、〝いねむり先生〟が直木賞作家の色川武大で、雀聖と奉《たてまつ》られた阿佐田哲也であることがわかる。

しかし〝著者自伝的長編小説の最高傑作！〟と、！印で煽られているのに『いねむり先生』の四〇〇ページを越えるこの本の中には、先生の実名はもとより、ペンネーム。権威ある中央公論新人賞、泉鏡花賞、直木賞、川端康成文学賞、読売文学賞受賞の作者名は、『百』以外、慎重に伏せられていた。

一例をあげてみると、『いねむり先生』の半ばあたりに、次のような描写があった。

「＊＊＊＊の作品は好きですか？」

先刻の男がいきなり先生の名前を口にした。

ボクは、男の顔を見返した。

後輩たち男に訊いた。

「誰じゃ、それは。妙な名前じゃな」

「＊＊＊＊は知っとるだろう。ほれ映画にもなった麻雀小説があったじゃろう。あれの作者よ」

「ああ、その映画なら知っとる」

「＊＊＊＊と＊＊＊＊は同じ人物なんじゃ」

「どういうことじゃ？」

「＊＊＊＊が本名で、＊＊＊＊はペンネームじゃ」

「おまえらペンネームも知らんのか。文学がわかとらんのう、こいつらは。ねえ、サブロー先輩」

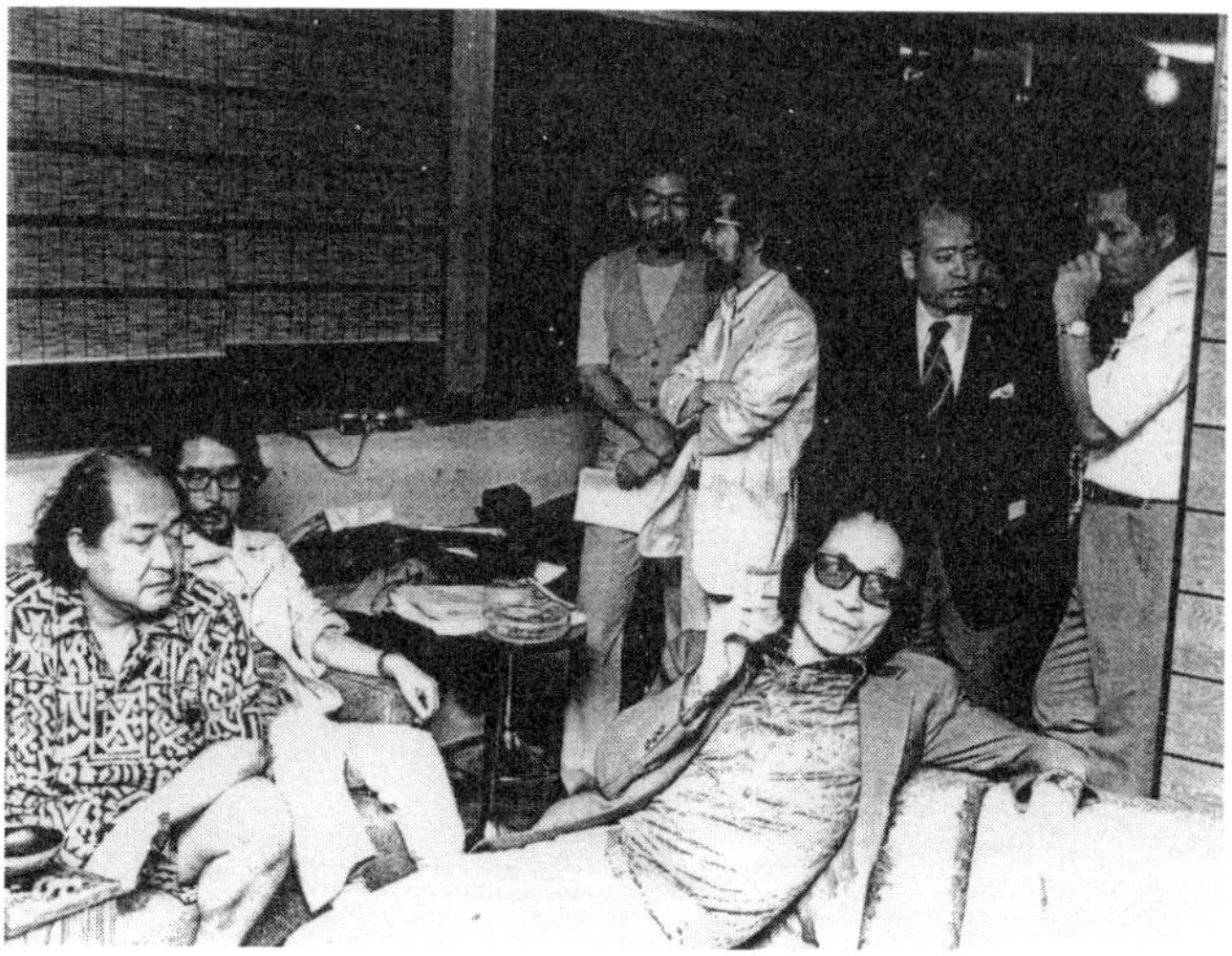

前列右から畑正憲、秋野卓美、阿佐田哲也　後列右から二人目　塩澤

＊印の四つが「色川武大」で、五つが「阿佐田哲也」であることぐらいは、伊集院静の読者は百も承知であろう。それを作者は、この長編の中で人物のイメージをきわだたせる固有名詞は、避けていたのである。

この慎重な配慮があって、ギャンブルの神様と畏敬され、異様なリアリティ漂う世界を描く、特異な作家として注目された、いねむり先生の温かさや、やさしさがほのぼのと立ち上ってくる仕掛けになっていた。

伊集院自身は、この自伝的小説の中で、サブローの名で登場していた。彼は嘱望された女優の妻、夏目雅子をガンで喪い、やり場のない憤りと虚脱感で、一時は酒とギャンブルにのめり込み、三十代半ばで心身ともにボロボロに陥っていた。

その無頼放埓《ぶらいほうらつ》な生活《くらし》から、なんとか再出発の手がかりをつかんだその矢先に、現われたのが、〝いねむり先生〟だった。

奇病先生のやさしさ

いねむり先生は、そのアダ名のように、突如、ところ構わずに眠ってしまう「ナルコレプシー」という奇病に冒されていた。

『広辞苑』を見ると「突然発作的に短い睡眠に陥る病態。真性ナルコレプシーと症候性のものがある。前者の原因は不明」と、四十数字の解説があるだけの文字通の奇病だった。

先生の外観は、大きな頭のてっぺんから髪の毛はなく、ぽっこり出たお腹のアンコ型の力士のようだった。

サブローはいねむり先生に二度逢っただけで、これまで出遭った大人の中の誰とも似かよったところのない人柄に戸惑いを感じたと書いていた。

ところが、二人は競輪というギャンブルにのめり込む遊びで意気投合し、連れだって〝旅打ち〟に出かけることになった。が、その旅先で、

「ボクは先生の魅力というか限りないやさしい先生の懐にふれ、自分が救われたような気がし

てきた」の気持ちを募らせていったのである。

競輪を追っての二人の旅は、名古屋、四国、新潟、青森、九州と各地に及ぶが、サブローはところ構わず突如、眠ってしまう先生を、身を挺して守る明け暮れに疲労困憊《こんぱい》する一方、先生がボク以外の人にもやさしい、温かい人柄を知ることで、さらに救われ再生していくのを感じるのだった。

それればかりではなく、小説家の前途に見切りをつけ、筆を断つ覚悟を決めていたサブローに、先生は言葉を選んで、

「こんなふうに言うと、君は気を悪くするかもしれないけれど、私には君の小説のよさがよくわかります」

と控え目に言い、

「私はただサブロー君が小説を書いてくれたらいいと思っていることを言いたかっただけなんです」

と、ふたたび小説を書くようにすすめるのだった。

サブローこと伊集院静が再起して、妻をモデルにした『乳房』で吉川英治賞を獲るのは、平成三（一九九一）年。その翌年『受け月』で念願の第一〇七回直木賞、さらに平成六年『機関車先生』で柴田錬三郎賞、十四年『ごろごろ』で吉川英治文学賞と、いねむり先生の期待に

十二分に応えたことは、輝かしい受賞歴が物語っていた。

しかし、いちばん喜んでくれるはずだったいねむり先生は、サブローが再起する二年前の平成元年四月十日、転居先の岩手県一関で、心不全のため急逝していた。

自らが「引越貧乏」と自戒《じかい》し、都内を転々としたあげくの果ての死であった。

享年六十歳——。

イロさんの忠告

私はこの〝いねむり先生〟こと色川武大と「イロさん」「シオさん」と呼び合う一時期を共有していた。

阿佐田哲也のペンネーム『麻雀放浪記』の連載の舞台となった週刊誌編集長の時代だった。

私が、発行人名義になっている『愛蔵本　阿佐田哲也麻雀小説自選集』の「あとがき」「朝だ徹夜で、日が暮れて」には、彼が麻雀小説に心ならずも筆を染めるに至った経緯が書かれているが、麻雀はまったく知らなかった私について、

「社員重役第二号のシオさん塩澤実信さんは、二十年前に呑んではまだ独身で下宿住まいだった彼のところへ行き、人生論を語り合った。会うたびに今でもその話がでる」云々と、遊びも

知らずに雑誌に明け暮れし、青臭い人生論だの文学論をふっかけていた凡愚に触れていた。

赤面のかぎりである。

麻雀の「マ」の字も知らないギャンブル音痴が長を務める週刊誌に、「これは、戦後の大衆文学の最大の収穫だと言ってよかろう」とムツゴローこと畑正憲に激賞される傑作を書いてもらえたのは、編集者冥利に尽きた。

『麻雀放浪記』が話題になりはじめると、担当誌の実売部数は目に見えて伸びていった。

その頃、私はいねむり先生に、麻雀遊びの入門をほのめかしたことがあった。

すると、おだやかな表情ながら二重瞼の大きな眼で、私の顔をのぞき込むようにして、

「シオさん、こんな遊びをいまから覚えることはないですよ。あんたは賭けごとをやらないから、運を小出しに使っていない。だからいい運を持っているんですよ」

と、ユニークな運勢観をもらして、カンの鈍い野暮天のギャンブル入門を、やんわりたしなめてくれた。

その時に言った先生の「こんな遊び」の口吻《こうふん》には、なぜか唾棄するような侮蔑《ぶべつ》のニュアンスが感じられた。

いまにして周辺を見回すとき、現場を離れた編集者は不憫《ふびん》で、まして賭けごとにうつつをぬかしていた者の末路はおしなべて暗い。

賭けごとに関心のない、遊びも知らない信州出身の私に、いねむり先生が示した態度には、誰にも示すやさしい気配りはあったが、伊集院静の描く先生のやさしさとは異なっていた。

利益を一族だけで攫《さら》っていく典型的な同族会社で、社長の弟、婿ドノが担当して低調だった週刊誌の編集責任を押しつけられ、実売部数の増減に一喜一憂している軽輩など、いねむり先生には阿呆のきわみに見えたことだろう。

ある酒の席でぽっつり

「シオさん、自分のことだけを考えていればいいんですよ」

と忠告してくれたが、四十数年後のいまもその一言は、胸に痼《しこり》のようになって残っている。

喜劇作家・井上ひさしの偉大さ

希代の読書人

平成二十二（二〇一〇）年春、〝現代の戯作者〟井上ひさしの死去は、狭い文壇にとどまらない社会的な衝撃であった。笑いの衣に包んだ多彩な作品で社会を痛烈に風刺する一方、言論の自由や平和を求めて、積極的に行動した七十五年の生涯だった。

マスコミは挙げて井上ひさしの業績と評伝を紹介し、朝日新聞では四月十三日付の「社説」と「天声人語」で、彼の生涯にオマージュを捧げていた。

「築いた言葉の宇宙に喝采」の見出しの社説は、次のように書き起こされていた。

希代の喜劇作家。現代の戯作者。博覧強記の知恵袋。時代の観察者。平和憲法のための行動する文化人。

井上ひさしさんを言い表す言葉は、幾通りも思い浮かぶ。だが、多面的なその活動を貫いた背景は一つ。自分の目で見て、自分の頭で考え、平易な言葉で世に問う姿勢だ。

この社説が述べた通り、自分の目で見て、自分の頭で考え、平易な言葉で世に問う姿勢に、井上ひさしの真骨頂があった。

井上文学の根源には、

「むずかしいことをやさしく、やさしいことをふかく、ふかいことをゆかいに、ゆかいなことをまじめに書く」姿勢があった。

その方便として、彼は厖大な資料を集め、読み、考え、途方もないエネルギーを傾き尽した。周到な資料集めには、おしみなく身ゼニをきったが、それらの資料は出身地の山形県川西町（旧小松町）の遅筆堂文庫に生前寄贈していた。蔵書の冊数は十数万部を超えていた。

一九九〇年代に日本ペンクラブの編集出版委員だった頃、私はその部門の担当役員だった井上ひさしと、月に一度、赤坂のペンクラブ事務所で同席する機会を持っていた。

その折、膨大な蔵書に触れると、

「僕の離婚の原因の一つに、蔵書があったでしょうね」

と、前妻・西館好子と昭和六十一（一九八六）年の別れに言及した。

つづいて、『吉里吉里人』がベストセラー街道をひた走っていた頃には、書籍を
「五百万円ぐらいは買っていました」

と、こともなげに言ったものだった。

月に五万前後の吝《けち》臭い購入額の私は、井上のケタちがいの金額に驚き、年間を通しての額かといぶかると、笑顔で淡々と訂正の言葉を口にした。

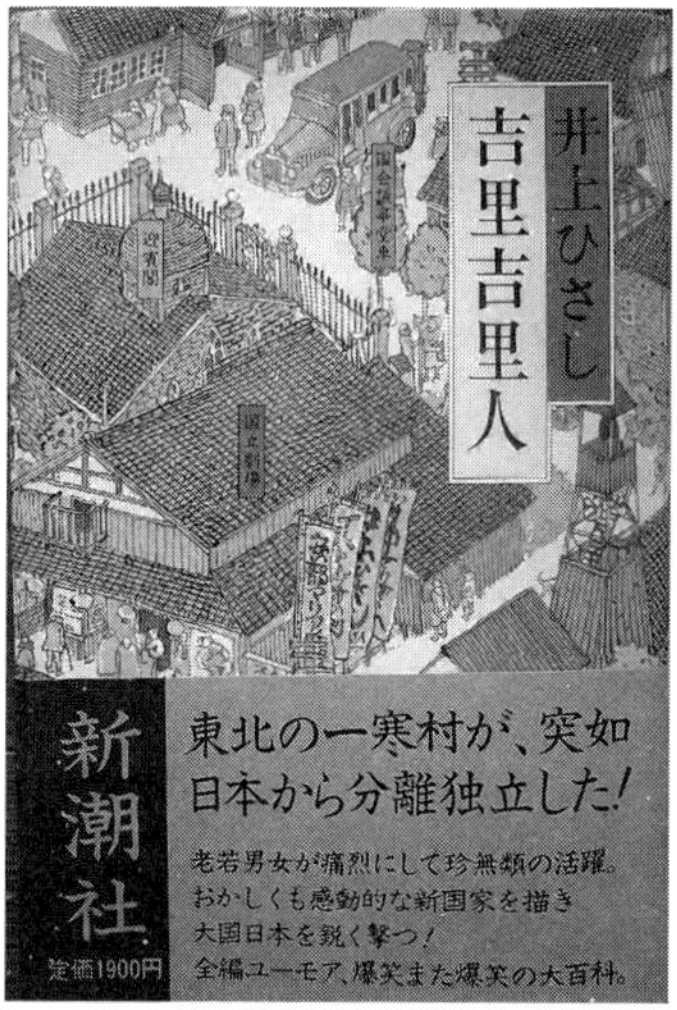

『吉里吉里人』（新潮社刊）

「いいえ、月です。ちょっとお金が入ったものですから…」

話題になった『吉里吉里人』は、東北地方の寒村が政府に愛想を尽かして、突如独立を宣言——吉里吉里国というユートピアをつくりあげるスラプスティック小説だった。

二千五百枚の大長編小説で、一頁が

二十六字×二十三行二段の八百三十四頁、千九百円の大部な本だった。

「小説の面白さ　言葉の魅力を構築した記念碑的巨編」という惹句にいつわりはなく、全編ユーモア、言葉遊び、ギャグにあふれ、爆笑、爆笑の希代の喜劇作家の大百科であった。

その高価の大作が、ベストセラーとあれば、印税は湯水のように流れ込んでくるはずだった。

それにしても、月五百万円の本代とは半端ではなかった。

当時住んでいた市川の自宅は、洪水のようにふえる蔵書の重みで土台は折れ、家は傾き、各部屋は四面書架。廊下、階段まで足の踏み場もない本置場になっていた。

井上ひさしは、書物なしに生きることのできない人間だった。

彼は購入する一方、小説や劇の台本を書くために徹底して読み、周辺の資料も渉猟した。

一例を挙げれば
『泣き虫なまいき石川啄木』の戯曲の準備に、啄木の年表を丹念に書き、短い生涯の中で彼にかかわった友人の金田一京助、妻の節子、父親の一禎、母カツ、妹光子などの年表もつくり、さらに彼らの周辺に固有名詞が出てくると、こんどはその周辺者の足取りを入念につくりあげていった。

多方向に自己増殖していく関係図だったが、それらの軌跡で偶然に重なる部分に、井上は啄木の人生を象徴する劇的エピソードを、笑いにまぶして創りあげていく筆法だった。

笑いで社会批判

井上ひさしの出発点は、浅草のストリップ劇場のフランス座だった。

渥美清、谷幹一、関敬六、北野たけしがいた劇場で、彼は上智大学に学ぶ傍ら、ここで幕引き、進行、台本を書き、芝居開眼をしたのである。

「僕は、現実の人生より、もっと厳しい人生を『フランス座』でみた」と言うが、金がなくて、無名であったこの時期に、若くて、後半生のすべてを学んだといえよう。

井上ひさしが浅草時代の体験を綴った『浅草フランス座の時間』（文春ネスコ刊）

ついでNHKの人形劇『ひょっこりひょうたん島』の台本を山元護久と共作。昭和四十四（一九六九）年に『日本人のへそ』という奔放なことば遊び、鋭い批判精神にあふれた喜劇で、劇作家としてデビュー。四十五年に『ブンとフン』、自伝的要素の濃い『モッキンポット師の後始末』で小説家の地位を確立。そして、四十七年『手鎖心中』で直木賞を受賞していた。

ベストセラーの上位に顔を出すのは五十年の『ドン松五郎の生活』あたりからだった。夏目漱石の名作『吾輩は猫である』を、飼犬・ドン松五郎に換骨奪胎し、人間社会に向かって痛烈な風刺のつぶてを放すという抱腹絶倒のパロディー小説だった。

その一方、言葉に対しては並々ならぬ関心を抱き、『私家版日本語文法』『国語元年』『自家製　文章読本』『ことばを読む』など数々の著書を持っていた。

これは山形南部に生まれた彼が、五歳で父親を失い、家庭の事情で中学三年の春から秋にかけて、青森県の八戸、岩手県の一関、宮城県の仙台へと、東北圏というものの言葉がまるでちがう四つの地方を、転々とせざるをえなかったトラウマの副産物であった。

この矢継ぎ早な転居が、ひさし少年の唇を引きつらせ、軽い吃音症に陥らせてしまった。

東北のズーズー弁は、標準語圏に住む者にはお笑いの対象でしかない。井上ひさしは、この言葉へのコンプレックスを逆手にとって、一大傑作『吉里吉里人』を書いたのだった。

ズーズー弁が吉里吉里国の国語になっていて、その言葉で論じる文学論、国家論、医学、農業など諸々の論は、期せずして痛烈な日本批判になっていた。

一例をとると、吉里吉里国の国歌には、男性と女性の象徴である隠語が堂々と歌いこまれているという道化ぶり。日本国歌が天皇の治世の永遠を歌っているのに対して、その落差は雲泥の差だった。

吉里吉里国の国歌は次の通りになる。

吉里吉里人（ちりちりづん）は眼（まんなこ）はァ
静（すんず）かで
鼻筋（はんなすづ）と心（こんころ）はァ真っ直（つ）ぐで
顎（おとけえ）と志（こんころざす）はァ堅（かんた）くて
唇（くんづびる）と礼儀（れんぎ）はァ厚（あつ）えんだちゃ

吉里吉里人（ちりちりづん）は眼（まんなこ）はァ
澄んで居（え）て
頬（ほ）ぺたと夢（ゆんめ）はァ脹（ふぐ）れでで
男性器（だんべ）と望（のんぞ）みはァ大（おつ）きくて
女性器（べっちょこ）と思慮（すりょ）は練（ね）れでえんだちゃ

井上ひさしは、この壮大なテーマを、ひさし語録で縦横に描き、読む者を抱腹絶倒の笑い地獄へ誘ったわけだが、大国日本を鋭く撃った笑いの百科小説には、日本SF大賞と読売文学賞が贈られた。まさに井上文学の金字塔の認知を受けたのだった。

一方、笑いには全く関係のない一冊に、日本ペンクラブ・編集出版委員会で井上ひさし選、解説の『お米を考える本』があった。米の自由化が問題になっている平成五（一九九三）年秋に緊急出版した文庫であった。

彼は超多忙にもかかわらず、果然と「水田をこれ以上無視するならば、日本の未来はない。金勘定だけで農業を考える国民に希望はない」の立場で、農村の現状、日本人と米の関係、米の自由化、輸入米の安全性についての十五編の論文を厳選し、「選者のことばを簡潔に添え、まとめていた。

井上自身も長文の『コメの話』を寄稿していたが、その十一章にかかげられた見出しを見れば、彼の米問題に取り組む姿勢が、真摯きわまるものだったことがわかる。

1、コメ交渉で日本はECと共に食糧安保で戦え！
2、部分自由化容認論者はバカ親父に似ている
3、コメは完璧な食品そして日本文化のささえ
4、日本がコメを輸入したら世界のコメ相場は暴騰する

5、肥満のアメリカ人が急にコメ好きになった理由《わけ》
6、自然を収奪するアメリカ巨大農場にコメをまかせられるか
7、アメリカコメはほんとうに安くて安全なのか
8、連作に耐え、肥料を自給し、表土の流出を防ぐ水田はえらい！
9、水田は貯水能力で年に一兆五〇〇〇億の仕事をしている
10、茶わん一杯二五円のコメがどうして高いといえるのか
11、この国を救うために水田装置にもっと金をかけよう

四半世紀前に書かれた井上ひさしの『コメの話』の各項目の見出しから、彼の米と農業に対する熱い心が読みとれる気がする。

常に笑いを武器としていた井上だったが、彼は『コメの話』では、得意とする言葉遊びをどこにも使っていなかった。

井上ひさしが現代の戯作者を自認し、ほとんどの作品に言葉遊び、どんでん返し、オノマトペア（擬声・擬声語）を多用したのは、笑いは「大きく見えた怖ろしいものの姿を小さくし、それによって、小さな力を大きく見せる」という牢固とした戯作者観からだった。

SM作家・団鬼六の虚実

けったいな縁

ＳＭ界の大御所―悪魔文学（ロマンノワール）の巨魁《きょかい》として知られた小説家・団鬼六が死去した。朝日新聞をはじめ、大新聞が誌面を割いて、その死を報じていることから、関心を持たれた方がいるかと思うが、私はこの団鬼六と二十代の半ばから親しい間柄だった。

同郷信州の岡村二一が創刊した東京タイムズ社の出版局から、三年足らず発行されていた映画雑誌編集部で、わずかな期間一緒だった因縁である。

彼が二十四歳、私が一つ年上の二十五歳の頃で、「追試験で関西学院大学をやっと卒業したんや」と称し、洋画と軽音楽を扱うバタ臭い映画雑誌へ、翻訳要員として入ってきたのである。

黒岩幸彦が本名だった。

彼の自伝『蛇のみちは』には、私と知り合った時の第一印象を、イカヅチ頭の軽薄な小男と、名前を間違えて戯《ふざ》けた筆づかいで次のように書いている。

黒岩幸彦（団鬼六）と塩澤

「このイカヅチ頭で、どことなくおっちょこちょいの感じがする小男が、後に週刊大衆の編集長になった塩沢正信《ママ》であった。

私はこのスターストーリーにいたのは結局、三カ月だったが、その期間に随分とこの人には世話になり、酔っ払っては彼の下宿に泊まりこんでいたものだ。彼が週刊大衆の編集長になった時、すぐに彼から私の所へ直接、原稿依頼が来て、私はその週刊誌に一年間連載随筆を書かせてもらったが…」

この後に続く文章がまた痛烈だった。

「私と初めて逢った頃の塩沢氏は何の才気も感じられぬ阿呆みたいな男で…」

読みようによっては、愚弄されたボケ役の形なしの体《てい》だ。が、私もまた彼を、駆け出しの落語家風情の軽薄な男(?)と見下して、団鬼六のペンネームで「オール読物」「小説新潮」に奇才を発揮する時代になってもなお「黒岩クン」と呼んでいたのだから、お互いさまである。

関西育ちの黒岩は、大阪なまりの巧みな語り口で、話題の対象をカリカチュアライズするのを常としていた。

上京後に世話になっていたのが妹のジャズ歌手・黒岩三代子で、当時、美貌の彼女は映画にも端役で出ていた。

兄の語り口によると、次の通りになる。

「妹は、字幕で監督の前に出ている女優だす。ある時、映画に出演したと言いはるよって、親戚、知人一同で映画館に押しかけたんやが、何回見ても妹は出ていらはらない。後で聞いたら『傘で顔を隠して、さっと通り過ぎる女がいたでしょう。あれが私です』といいくさって…」

二人が加わった映画雑誌の編集長は、昭和二十年中ごろに倒産した八雲書店にいた男だった。同社は遺り手の中村梧一郎が創立した出版社で、平野謙、荒正人、小田切秀雄ら七人の文芸評論家の同人誌「近代文学」を発行したり『太宰治全集』を刊行するなど、文芸と読物雑誌では一時期、華やかな活動をしていた。

その男は、同社で映画雑誌を創刊したが、ほどなく倒産するや、ドサクサまぎれに商標権を横領し、戦後いち早く出版界を席巻したロマンス社創業の熊谷寛に渡りをつけてきたのである。熊谷も二十六年ロマンス社を倒産させ、婦人世界社を設立したものの、同社も一年足らずで行き詰まり、東京タイムズ社に出戻って次のたっきを物色していた。

熊谷家の居候で倒産寸前、学生アルバイト風情でロマンス社に入社し、さらに婦人世界社の編集部に働いていた私も、出戻りの連れ子同然の身で、東京タイムズ社に潜り込んでいたのである。

「東京タイムズ」は熊谷寛の命名で、岡村二一を唆して（？）創刊し、当初は発行人となり、半年後に懸案の「ロマンス」を創刊した経緯があった。

阿呆同士の友情

映画雑誌の編集室は、当初、練馬区江古田の熊谷家の離れにおかれた。居候時代、私が一時、起居していた部屋である。

黒岩幸彦は、妹の知り合いの紹介で熊谷寛に拾われ、三カ月間は準社員の形で給料はなし、そのかわり原稿用紙一枚につき二百円の翻訳料をもらうという条件だった。

自伝『蛇のみちは』で彼は、次の通りに書いている。

「三カ月間は月極めいくらの交通費だけをもらって江古田に通い、社長宅の日本間を改造した事務所の中で、外国雑誌と辞書を片手に終日睨めっこをするという面白くない仕事である」

この面白くない地味な仕事に加えて、黒岩を腐らせたのは、編集長の下種《げす》な言動だった。

「ハッタリ屋という言葉が大阪にはあるが、山田というこの映画雑誌の編集長は、正にこのハッタリ屋で、非常に自分は学のある人間だという事を部下の編集者に見せつけようとする妙な癖がある。（中略）こいつは底抜けの阿呆だと最初から私は見くびるようになった」

黒岩は、何かの口実を求めて編集室から抜け出す算段に余念がなかった。その彼の眼に私がクローズアップされたらしい。

「塩沢氏は今日は江利チエミを取材するとか、越路吹雪を取材するとかいって毎日、忙しくかけずり回り、終日、机の前で面白くない翻訳をさせられている私は、そんな彼をうらやましく思っていたが、ある日の朝、出社した彼は、今日は新東宝の有力な新人を取材するのだといって（中略）その新人というのが、新東宝の高島忠夫と中山昭二、それからゲストとして新東宝の司葉子であり、それを新橋の料理屋の二階へ招待して、色々と雑談することになっている……」

黒岩は私のこのスケジュールを聞いて、

「高島忠夫と大学時代の親友ですねん。ワテも連れてってくれまへんか」と、頼んできた。

前列右から　江利チエミ、シャンソン歌手高英男　後列右から　チエミの兄、黒岩幸彦（団鬼六）、塩澤

「『ああ、いいとも』

と、塩沢氏はすぐ承知してくれて、編集長の未だ現われぬ事を幸いにすぐ彼のあとについて外に出ていた。

新人スターを招待してある料理屋へ向かったのだが、高島忠夫や中山昭二など、新東宝を代表する若手スター達は、もうすでに来て、何やら雑談の最中だった。

『何や、お前、東京へ来とったんか阿呆』

『久しぶりやんナ、阿呆』

五年ぶりに再会した高島忠夫と私がまずかわした挨拶はこんな調子で、阿呆が最後につくのは相手に親しみをこめているからで昔の習慣なのだが、横で聞いていた塩沢氏はびっくりした表情になっていた」

ところが、黒岩幸彦は編集長の目を盗んで、私と歌手やスターの取材に出歩いていたことがバレたのと、奴の病的な吝嗇《りんしょく》さ、卑劣な人となりに愛想づかしして、辞表を叩き付ける仕儀となった。しかし彼と私はその後も酒席を重ねた。

三年後、文藝春秋の「オール讀物新人杯」に『浪速に死す』が佳作入選、翌三十二年には『親子丼』が入選するという、端倪《たんげい》すべからざる才能を秘めながら、私とのつきあいの中で、黒岩はその片鱗すら見せなかった。

第一、私の下宿に来て、書架に並べられた文芸書の背表紙を一べつだにせず、ワイ談はしたものの、ＳＭのウンチクの披瀝もなかった。

その彼が、黒岩松次郎の名で純文学を、さらに悪魔文学（ロマンノワール）の巨魁・団鬼六その人と知るのは、私が週刊誌の編集長に転じた後だった。

この間、黒岩が新橋に開いた「３４」というバーに招かれて飲んだり、新宿コマ劇場裏に開いたバーや、近くのオカマバーに誘われるなど、間歇《かんけつ》的なつきあいは続けていたが、おどろおどろした団鬼六のペンネームで「奇譚クラブ」や「裏窓」に、悪魔文学の評価を定着させる一大傑作『花と蛇』等を書いている事情には疎かった。

私が週刊誌の長を担った昭和三十年代は、麻雀だのＳＭプレイは一般社会から蔑みの対象でしかなく、ましてそれをモチーフにした小説など、マイナーな奇譚か地下文学の評価しか与えられず、むろんメジャー誌からはお呼びはかからなかった。

いまにして恰好をつけ〝今日の異端な明日の正統〟と言う私だが、当時は稿料も弾めずアイデアも貧困で一流作家の門は叩けなかったのだ。

そこで団鬼六、阿佐田哲也、川上宗薫、大藪春彦といった異端視されていた作家を起用、エンターテイメントに充ちた小説や読物、さらには特集記事を掲載することで実売部数アップに腐心していたのである。

黒岩幸彦から黒岩松次郎を経て、団鬼六に変身をとげていた二十年来の友には『隠花植物群』の連載を直に頼みに行き、彼を感激させた。稿料は類誌の半額に充ない廉さであった。

数年ぶりに逢った暗黒文学の大御所は、三浦半島の三崎の中学校で英語教師をしていたと語り、昔と変わらぬ気さくで用談がすむや、

「先輩、いっぱいやりまひょか」

と、右手で杯をあげるしぐさをした。

以来、彼は団鬼六主宰の集いに招待してくれるなど、昔に変わらぬ友情を寄せてくれた。

「快楽なくして何が人生」の主張のまま生きた団鬼六と、野暮な私とは〝水と油〟の感があった。

しかし、慣れ合いで、貶しあっていても、二人の間には、いたわりの友情があった。

相互子弟の談志・鬼六

落語界の風雲児

古典落語の「文七元結」。飯田市の高座で口演中に居眠りしていた客を注意して退場させ、訴えられるなど、飯田市とも関係の深かった落語界の風雲児・立川談志が死去した。

喉頭がんのため、気管切開手術を受けて声を失い、噺家としての生命を喪った末の痛ましい死であった。

生前に「立川雲黒斎《うんこくさい》家元勝手居士」とクサイ戒名を付けていたが、八年前に上梓した本のタイトルにも『談志が死んだ』という上から読んでも下から読んでも同文の、死んだ時の新聞見出しに使える配慮をしていたというオチまでつけていた。

全身〝落語家〟というべき生涯で、新聞各紙は、一面から二面、三面までを、談志報道で埋め、朝日、読売といった大手も一面に、かなりのスペースを割いて鬼才の死を報じていた。昔から奇人・変人の少くない落語界だが、破天荒の言動を、これほどまで書かれた人はいなかっただろう。希代の風雲児の面目躍如といったところだ。

私は、立川談志とは暗黒文学の巨匠・団鬼六を通じて、何回か歓談する機会をもっていた。鮮烈な思い出としては、銀座の高級クラブ「姫」で、作家の梶山季之、知性アイデアセンター社長小石原昭の三人で飲んでいた夜の一件が忘れがたい。

梶山季之は、昭和五十（一九七五）年五月十一日に取材先の香港で急死しているから、多分四十年ほど前だったろう。「姫」へ入って来た談志は先客の私たちに気付いて、挨拶がてら近づいてきたのだった。

それに気付いた梶山が、

「談志、入るべからず！」

と、からかった。

談志は、自称スケベエ作家のこの一言に

「べらぼうめ！〝姫〟に〝男子《だんし》〟が入っていけねえなんてったら、人類は滅亡だい！」

と、べらんめい口調で切り返し、店内に笑いの渦を巻き起こした。

「姫と男子」の隠れた意味を説明するほどの野暮ではないが、談志の日常の言動には公表を憚る部分が少なくなかった。

ＳＭポルノ文学の団鬼六との交流も、団の代表作『花と蛇』を京都の古本屋で立ち読みして、「まるで偶然に塀の向こうの裸の女を見てしまったように、呆然とし」、〝身体の中を電光が走った〟心情になって、作家に会いに出かけて、それ以来の友人になったのだと告白している。

談志は、

「家元《あたし》や、知り合った団さん（団氏から団さんになった）から、またその道の人達を知り、会いに行った。曰く、奈良の辻村隆氏、モデルの梨花嬢、悠紀子嬢等…辻村氏の家に泊まり、その膨大な資料には驚き、呆れ、梨花嬢とはそこそこのプレイをしたっけ…」

と書いている。

談志・鬼六対談

私が三十代の初期から四十代のはじめにかけて担当した週刊誌に、立川談志と団鬼六の異色対談を企画したのは、談志と梨花嬢とのそこそこのプレイが伏線にあった。

二十代の半ばに、洋画雑誌編集部で一緒だった団鬼六こと本名黒岩幸彦とは、彼が離職をし

立川談志・団鬼六対談　左端に塩澤

てからも親しく交遊をつづけていた。

彼は離職後、新橋でバーを経営したり、洋画の吹き替えの翻訳、日劇ミュージックホールの照明係など転々と職を変え、一時は三浦半島の中学校英語教師を経て、SMポルノ小説の大家になった時には、団鬼六を名乗っていた。

その頃、私は大衆的週刊誌の編集長になっていて、おどろおどろしたペンネームの旧友に『隠花植物群』というエッセイを連載してもらった。タブー視されていた世界を抜群の筆力で解き明かしたエッセイは、阿佐田哲也のギャンブル小説『麻雀放浪記』と共に、ちょっとした話題になっていた。

打合せで月に何回か会ううちに、団鬼六から「落語家の立川談志がおもろい話を仰山《ぎょうさん》持っていらはります。わてと親しい仲だと言えば、彼はよろこんで対談で応じてもらへます」

と、談志のSMプレイをネタの対談企画を持ちかけてきたのである。

息抜きに、そのテの話も面白かろうと交渉してみると、談志は、

「団さんとだったら、けっこうです」

と、快諾してくれた。

談志の話によると、団鬼六はSMプレイの師匠格であるが、落語は立川流一門の高弟・立川鬼六の襲名を許しているとのことだった。

むろん、道楽としての襲名で、得意芸は声帯模写とのことだったが、下手な声帯模写などやらなくても、団鬼六の日常の語り口は関西落語の亜流そのものだった。

立川談志・団鬼六の異色対談は、昭和四十五（一九七〇）年九月十五日、銀座三笠会館の個室で行われたが、立板に水の歯切れのいい談志のSM談義は見事なものだった。

掲載誌は破棄して手もとにないので、詳細はお伝えできないが、いまも記憶に鮮明なのは、

「家元《あたし》は、こんど生まれ変わって来るときには、絶対おんなになって生まれて来ますよ。おんなは……」

と前おきして、女性の利点の数々を「○○させていただき」「○○○○させていただき……」云々と、七つ八つの微妙な言葉に「させていただき」を結びつけて、「おんなはこんないい思

いをさせていただいた上に、お金をいただけるのだからネ」と、啖呵口調でまくし立て、笑いを誘った。

談志がその時に口走った言葉は、公開をはばかるが、立川雲黒斎家元勝手居士の生き様は生涯一貫して、ラジカルであった。

団鬼六は、一足先に幽明に旅発っていて、ほぼ半年後に旅発った立川談志といまごろ、鬼六・談志対談を閻魔サマの前で行い、地獄の大王を笑殺していることだろう。

高見順と新田潤の因縁

同時に付けた筆名

信州出身の新田潤という作家は、やはり信州出自の同姓の新田次郎の著名度に較べて、一般には馴染みの薄い作家となっているが、最後の文士の尊称をほしいままにし、「高見順という時代」を昭和期に築きあげたその人と、刎頸《ふんけい》の交わりを生涯、持ちつづけた逸材だった。

高見順は、『故旧忘れ得べき』『私生児』『如何なる星の下に』等々の青春の挫折と、出生の暗い影を背負った告白体の小説の数々を書き、さらに膨大な資料を駆使した『昭和文壇盛衰史』や、書き魔とおそれられた生涯を通しての日々の記録を、日記に残している。

調べてみると、新田潤（本名半田祐一）と、高見順（同高間芳雄）は「ジュン」を音読とする一文字「潤」と「順」を決めた上で、新田の姓と高見を冠したペンネームをつくりあげている。

旧制の浦和高と一高を経て、二人は昭和二年に東大英文科に入学。まず、同人雑誌「文芸交錯」を創刊するが、翌春世田谷へ壷井繁治の家を訪ねる道すがら、どちらともなく、

「おい、ペンネームを考えようじゃないか」

と語り合い、将来、全集を刊行したとき、坐りのいい筆名を考えた。

その結果、高見順は本名の高間芳雄の「高」を頭におき、次に「間」をマ・ミ・ム・メ・モの順にずらしてきて、二番目の「見」を結びつけた「高見順」を筆名に、半田祐一は、気分を「新たに」という意味を込めて「新田潤」を名乗ることにしたのだった。

高見順は、この由来を新田潤の初期の作品集『崖』（昭和十三年竹田書店）の「跋」に、次の通りに書いている。

「新田潤、高見順といふペンネームも二人が同時につけたもので、ともにジュンといふ紛らはしさもその為である。私らはいつも二人で蓬髪痩頬の長駆をつらねて巷をフラリフラリしてゐる為、名前の紛らはしさと相俟って、しばしば人間を間違へられるのだが、私はこの畏敬する友人に間違へられるたびに苦笑とともに誇りを感じる。お世辞でなく、私は新田の小説のうまさに参ってゐるからである。そこで新田に間違へられると、ついうれしくなり、狡猾にも間違へられ放にして置いて人々の彼への尊敬をこっそり横どりにすることによってニヤニヤしてゐ

る場合もあるのである」

その生い立ちは――狷介不羈《けんかいふき》の作家・永井荷風の叔父で、福井県知事坂本釤之助の庶子《しょし》として生まれていて、きわめてデリケートな感性の持ち主だった。『故旧忘れ得べき』など一連の自伝小説の主人公のように、神経が細やかで気くばりの人だったが、ある一線は死守する最後の文士にふさわしいさむらいだった。

その高見順が、生涯を通じて新田潤にこれほどまでに心を許したのは、「新田に殺されなかったおかげ」と「跋」の前半で諧謔まじりに書いていた。

「ともに白面の文学書生であった頃、本郷のカフェーで酩酊した揚句、私は新田潤の習作的小説をボロクソにやっつけたことがある。（中略）すると彼は、全体としては仲々端麗な輪郭だが下半分におびただしい面皰《にきび》のあとをつけたその顔に、激怒のための紅潮をまだらに生ぜしめて、高見のクソ野郎と叫んだ。そして根津権現裏の下宿に韋駄天《いだてん》のごとく走り去り、一本の鋭利な剃刀《かみそり》を持ってふたたび駈け戻ってきた。高見のクソ野郎を刺し殺して己れも死ぬんだと悪魔のごとくに喚いたが、居合わせた友人のおかげで私は危く難をのがれた。それからしばらく剃刀をもった新田潤につけねらはれ、私は蒼くなって逃げ隠れてゐた」

細をうがった高見順のこの告白は、彼の得意とするレトリックの綾であった。

しかし、このオーバーな表現があって、「跋」の結びが俄然、光ってくるのだった。

「…それからもう十年近くになる。その大喧嘩のおかげで、そしてそのとき新田に殺されなかったおかげで、新田と私とは刎頸の交わりを結ぶに至った。（中略）以来世にいふコンビの睦まじさと相成ったのである。この十年近くの間の、お互い助け合ひいたはり合った行路には一朝一夕に語りつくせぬ想い出がある。世事の艱難、文学道の険しさにともするとともすると傷つき倒れようとするのをお互いに支えあって今日に至った。その友情の美しさに就いては自分で言うのはへンであるが、鳥渡《ちょっと》天下に誇っていいものがあると信ずる私は、感傷なくして語ることが出来ないのである」

高見順（右）と橋爪健、塩澤

大学時代に固い友情を結んだ二人は、世界恐慌下の昭和五年東大を卒業した。大学は出たけれど、就職口は全くなかった。高見順は研究社のアルバイトをしていて、半年がかりでコロムビアレコード会社になんとか職を得た。

一方、新田潤は東京市が知識階級の失業救済のために開いた施設を経て、昭和七年にようやく築地の京橋図書館へ、日給一円五十銭の臨時雇として勤務することになった。

コーヒーが十銭、ライスカレーが十五銭時代に、最高学府を出て、こんなハシタ金にありつくのがやっとだったのである。

新田に与えられた仕事は、二階の実業図書館に一人でこもり、館長から頼まれた翻訳をすることだった。

「その彼がこもっていた室の窓は、ちょうど築地警察署の留置場の二階、取調室にむかいあっていました」

と『新田潤との思い出』に書くのは、芳子夫人で、彼女は昭和文学史上の特ダネに価する「小林多喜二暗殺」の歴史的瞬間に言及しているのである。

「昭和八年二月二十日、新田は築地署の調べ室に何やらただならぬ音を聞いたと思ったら、その時小林多喜二が拷問をうけ、暗殺されたのだと後で知り、私たちに話してくれました」

小林多喜二は、このとき治安維持法にひっかかり、特高に逮捕されて凄惨な拷問のあげくに殺され、死体解剖さえ拒絶されるという日本文学史上空前の犠牲者に追い込まれていたのである。

「潤」と「順」競う

実は高見順も、昭和七年の十一月、日本プロレタリア作家同盟（ナルプ）の一員として非合法活動をした科で検挙されていた。が、多喜二が虐殺された頃に、転向手記を書いて起訴保留処分で釈放されていた。

　ところが、この留置された間に、劇団制作座を結成したときに知り合い、結婚していた上田市出身の石田愛子に背かれ、去られていたのである。

釈放された後、妻に去られ、転向したことへの二重の苦しみに高見はのたうつばかりだった。

その高見に、再生する機会を与えたのが、大学以来の友人、新田潤をはじめとする渋川驍《ぎょう》、荒木巍《たかし》、円地文子ら「日暦」の同人だった。

　同誌は八年九月に創刊され、高見順は第一号に『感傷』と題する短編を発表して、はじめて自己の資質にふさわしい文学上の鉱脈を掘り当てたのである。

　新田潤も、同じ号に『煙管』を発表し、才能ある新人として文壇に認められ、翌年小林秀雄、川端康成、武田鱗太郎らによって創刊された「文学界」一月号に、上田を舞台にした『片意地な街』を発表して、文壇ジャーナリストの注目を浴びるところとなった。

　新田の初期の作品は、生まれ育った上田を描いたローカル・カラー豊かな小説で、精緻な表現で街のたたずないを、見事に描いていた。

　小説の主人公は、フィクションを交えていても、誰がモデルになっているか――上田に暮らす人々にはほぼ見当がついた。

　新田が、上田を舞台につぎつぎに作品を発表して、新進作家の地位を確立しているとき、高見順は親友の作品を『小説修行と人間修業』で次のように評論していた。

「いふならば私小説的伝統の否定された文学的局面から進みでたところの新人である。（中略）いままでのその文学的精進に於いて私小説なものをすこしも身につけてゐなかったし、又それを読者に感じせしめなかった。（中略）新田氏を今日に築いた『煙管』『片意地な街』『映画館のある街』等の作品は西欧的文学教養を背後にもった客観的文学手法のものであった」

信州上田の明治から大正時代を舞台背景に、新しい文化の浸透に戸惑いする片意地な市民をリアルに描けば、私小説の匂いが濃厚に漂うはずであった。が、新田潤の上田を舞台にした小説には、ローカルカラーは色濃く塗り込められているものの、私小説的な伝統の片鱗さえ感じさせなかった。

新田潤の颯爽たるデビューぶりに、最も衝撃を受けたのは誰あろう――高見順その人であった。ファイト旺盛な高見は、新田に刺激されて『日暦』第七号から出世作『故旧忘れ得べき』の連載を始めた。

『故旧忘れ得べき』は、第一回芥川賞の候補作に推されるが、石川達三が『蒼氓』で受賞している。この回には、太宰治、外村繁など、その後の昭和の文壇に活躍する新人が覇を競ったのである。選考委員は、菊池寛、佐藤春夫、川端康成、佐々木茂索ら十一名だった。

高見順は、つづいて十四年から浅草を舞台にした第二の長編『如何なる星の下に』を「文藝」

に連載し、伊藤整をして天才的と呼ばしめた傑作を書き、饒舌な説話体の文体を見事に実らせ、文壇に大きな存在感を示すまでになった。

親友のこの活躍に対し、新田は昭和十三年から五年間に、「文学界」「新潮」「知性」「改造」といった一流雑誌へ力のこもった作品を発表して、高見順の期待に応えたのである。

未完の長編『高見順』

新田潤が『片意地な街』『崖』を最後に、出自の地を舞台とした信州ものに決然と袂を分ったのは、筆一本に生活を託す覚悟を固めた頃であった。

その毅然たる潔さは、親友の高見をびっくりさせるに充分で、

「彼は自分の文学を大きくするため、一番住みよい場所を自ら捨てたのである。（中略）そして自分を大きく鍛えるべく都会ものへと敢然と出ていった。そこには信州ものとは別の系列の作品とのつながりも見られるが、私はやはり新しい毅然たる第二の出発と見た」と、熱いエールを送った。

おとなしい新田が、文壇に波紋を呼ぶ「小説は裏街育ちである」を「人民文庫」に発表したのは、日中戦争勃発寸前の昭和十二年六月だった。

それは次のような激しい宣言となっていた。

「だいたい小説といふものは、身分卑しき庶民が生んで育て上げたところの文学である。本来が林房雄氏の罵倒の言葉通りに裏街育ちなのである。

だがこの文学の裏街っ児は、金あり身分高き紳士貴顕《きけん》の前に卑屈な追従などは嘗《かつ》てせず、最初から自身の誇りを全身に感じていた。出生の最初から反逆の血をたぎらせて成長したのである」

小説が身分卑しい庶民の間から生まれ、育て上げられた裏街っ児であり、出生の最初から反逆の血をたぎらせて成長した…という新田潤の言葉は、その後に書かれた都会ものの作品系列に、一見乖離《かいり》した感が読みとれた。むしろ高見順の小説に、反逆の血の叫びが強く、それは彼の自伝的長編のタイトルを辿るだけでも充分だった。

曰く『わが胸の底のここには』『風吹けば風が吹くまま』『深渕』『いやな感じ』等々、そこには自らの暗い出生と、青春の挫折の罪悪意識の嘆きと怒りが織り込まれていたのである。

彼は、時流に敏感であるとともに、自己省察にもきびしく、胸中の深奥にひそむ言いがたい秘密《ひめごと》をはじめ、思想から文学活動の遍歴までを、やぶれかぶれのように饒舌な文体を駆使して書きまくった。

そして、五十代半ばの若さで食道癌におかされ、何回にもわたる大手術を経る中で『わが埋葬』

『死の渕より』の詩を遺し、文学史家としても『昭和文学盛衰史』二巻というアクチュアリティの横溢した文学史を問うていた。

　高見の燦然と輝く作家人生に対比して、文壇に登場した当初は、親友の才能を凌駕した感があり、

「新田の小説のうまさに就いては今更喋喋《ちょうちょう》の要はないであろう。私が頭がカサカサに乾いて、筆がどうにも動かないときには、彼の小説の一部分をどこでもかまはず読むことにしてゐる。すると忽ち感興が湧き、それはカサカサに乾いた脳細胞に小説的なしめりを与へ、又それが滑剤となって頭の廻転がはじまる」

　のオマージュをささげていた。

　戦後の作品は、デビュー当時の辛辣《しんらつ》な風刺と、ユーモアとペーソスの作風は消えて、『禁断の果実』『ダンスホールの夜は更けて』『妻の行方』『病める接吻』『危険な心情』『美貌の渕』などと、タイトルからして、風俗小説の流れを行く作品になっていた。

　ペンネームを同時に付け、文壇への登場を共にした高見順にとって、親友の変貌はガマンならないものだった。

　食道癌で再起は絶望となった闘病の日々に綴られた日記に、

「怠け者の新田は、相変わらず一夜漬けのような中間小説を書いている。彼は才能ある男なの

だ。奮起せよ、新田君！」と書かれていた。

病床の高見順に指摘されるまでもなく、自らの作品に忸怩《じくじ》たる思いをつのらせていた新田順は、芳子夫人に、

「長編で『高見順』をじっくり書きたい」

と言い構想をあたためていた。

出身校の上田高校同窓会館へ招かれて、昭和四十二年五月十九日に行われた記念講演会の演題が『高見順と昭和文学』であったことからみて、構想は煮つまっていたと考えられる。

高見順と形影の間柄であった新田潤は、「順」の人生を描くことで「潤」の生涯を炙りだす魂胆だったのだろう。

しかし、長編『高見順』は幻の小説に終った。

五十八歳で世を去った高見順の十三年後、昭和五十三年五月十四日、食道静脈瘤破裂で七十三歳にして死去したからである。

むのたけじ　正義の記者魂

たった一人で戦争責任をとる

九十四歳で天寿をまっとうされた出版の師・布川角左衛門は、生前、言葉を交わす都度「これからだよ、これからだよ」と愚生を激励して下さった。

百歳まで現役作家だった野上弥生子が、師を叱咤した言葉のお裾分けだった。布川より十五歳年上であった老作家は、師が七十五歳になった折、「そろそろ後進に道をゆずって」と引退をほのめかしたところ、

「あんた、何をおっしゃるの。私はこの年になって、やっと文章らしい文章が書けるようになったと思っているんですよ。あんたの人生これからです。これからですよ」

と、叱咤激励されたのだという。

九十歳の文化勲章受章作家に、そう言われて、布川は以降、暦年齢に封印し、乞われるまま七十八歳で筑摩書房の管財人代理に就任された。

その出版の師に、揮毫を乞うたところ、

「今日も亦生涯の一日である。明日を考えて共に歩こう。人にはそれぞれの生き方がある。ゆっくり、急げ」

と、含蓄のある箴言を贈って下さった。

「ゆっくり、急げ」

とは、幾通りもの解釈を導き出せる名言だが、つい最近も九十六歳の大ジャーナリスト、むのたけじから、また一段と深い名言を、その著書『詞集　たいまつ』の扉に揮毫していただいた。

現職のジャーナリストとしては、日本はもとより、世界におけるギネス・ブック記録と思われるむのたけじ氏は、眼こそ老乱視で、グラスの底のように厚い眼鏡をかけておられるが、頭脳は明晰、論理は整然として言語も明快。一時間半の講演も立ったままであった。

武野武治がA５判六五三頁の『詞集　たいまつ』の扉に書いて下さったのは、私の名前の後に三行にわたって

死ぬ時そこが
一生のてっぺん
むのたけじ

と、味わい深い文字で認《したた》めた至言だった。

老師は、さらに岩波新書の『戦争絶滅へ、人間復活へ』の表紙裏に

さあ戦争を絶滅させて、人間
みんなが人間
そのものとして生き返るぞ
塩澤実信様
むのたけじ

と書いて下さった。

感激だった。

むのたけじの偉大さは、口舌の徒輩の多いジャーナリストの中で、終始言動の一致した希有

の存在であることだった。

その閲歴をみると、昭和二十年八月十五日。日本が連合国に無条件降伏をした日に、ジャーナリストとしての戦争責任を痛感して、朝日新聞社を退社されている。

働きざかりの三十歳であった。武野武治記者が、敗戦当日に戦争責任をとる決意をしたのは、負けた戦争を「勝った、勝った」と言い続け、うそばかりを新聞に書いてきたことに、きちんとけじめをつけるべきだとの思いからだった。

氏は、『戦争絶滅へ、人間復活へ』で聞き手の黒岩比佐子に、次の通りに話している。

「けじめもつけずに朝日の社旗をおろして、今度は連合軍のアメリカの星条旗を立てて新聞を出す、というのではおかしいだろう、と。それで、『われわれは間違ったことをしてきたんだから、全員が辞めるべきではないか』と提案したんです。私はそのとき頭では、そうとしか言えなかった。（中略）

たった一人、学芸部の人が『いや、むの君の言う通りだと思うけれども、私には女房も子供もいるから、失業するわけにはいかない。君は私を馬鹿にするだろうけど…』（中略）

結局、私と一緒に辞める、と言った人はいませんでした。

そのため、八月十四日の晩に『私はもう朝日を去ります。明日から来ません』と伝えて、十五日から出社しませんでした」。

たいまつを掲げて

たった一人、天下の朝日新聞社を辞めた武野武治の偉さは、その後にあった。彼は売り食いの耐乏生活を経た後、昭和二十三年の二月、秋田県横手市でタブロイド判二頁のミニコミ紙「週刊たいまつ」を家族とともに創刊したのである。

以来、農村・社会問題などに正論を説き、真実報道一筋に貫いてきたのである。

むのたけじと塩澤

東北の小都でミニコミ紙に依るむのたけじの存在が、一躍知られるようになったのは、「週刊たいまつ」の題字横に設けた囲み欄であった。

ごく短い言葉を入れた箴言、警句、寸言といった囲みもので、当人は息抜きの意識が強かったようだ。しかし、この集成が、飯田市出身の山村光司が社長を務めた理論社から『たいまつ十六年』のタイトルで刊行されるや、寸鉄人をさす詞集に圧倒されて〝秋田のむのから、日本ジャーナリストの中のむの〃的存在になったのである。

読む者の臓腑を抉《えぐ》る鋭い寸言に増して、書く人の戦後のぶれのない、まっとうな生き方に圧倒されたところもあった。戦時下、「勝った、勝った」と嘘の報道ばかりを流し、国民を死の渕っぷちに追い込んだ天皇制国家の指導層が、敗戦後、国民すべてに〝一億総懺悔〃を強制して恥じることがなかったのだから……。

『たいまつ十六年』は、一大ロングセラーになり、社会思想社を経て、いま岩波文庫から「岩波現代文庫」として刊行されているが、他に『詞集たいまつ—人間に関する断章604』(三省堂刊)『詞集たいまつ』Ⅰ～Ⅵ(評論社)、この集大成ともいうべき二〇〇一篇を収録したA5判六五三頁の『詞集たいまつ』が評論社から刊行されて、静かなロングセラーになっている。

私の座右の書の一冊で、目次を見ると「いきる章」「すすむ章」「まなぶ章」「はいる章」「むすぶ章」「いどむ章」「すてる章」と、自動詞三文字の十七章立てとなっている。

むのがこれまでに見聞し、思考しておのずと胸にわいてきた二〇〇一篇の寸言、金言、箴言のたぐいを収めていて、その最初の詞は、

「はじめにおわりがある。抵抗するなら最初に抵抗せよ。歓喜するなら最後に歓喜せよ。途中で泣くな。途中で笑うな」

という深い意味をもった言葉に始まっている。

以下、アトランダムに各章の中から、各句をピックアップしてみよう。頭の数字は掲載順位をあらわしている。

22　自分の終末を予想しない営みは、指紋のない手の動きに似ている。

99　愛することのできるものは、憎むことのできるものである。

187　正直な会話をしたかったら、まず自分に対して正直になりなさい。

473　遠い将来の国家像はどうであろうと、人間が人間を信じて前へ進むならば、（人民共和）は普遍かつ必然の過程である。かくてこの地上に最後まで残る王様は四人、トランプの王様だけである。

726　得たいものを得るには、失うべきものを捨てなければならない。

155　十分に食べて十分にこなして養分を吸収すると、もりもりと威勢のよい排便となる。言葉の出てくる様子も、これと似ている。ふだん滋養価値の高い知識をよく吸収して、それを生活の体験で消化して知恵を鍛えていると、何を述べるにも自分の言葉で言える。借り物ではないから、その言葉には生命観があふれて、個性のにおいがぷんぷんする。朝晩しょっちゅうとはいかないが、せめて大事なことを口にしようとするときは、一息いれて自問したい。「いま言おうとしているのは、おれのウンコ言葉がかオナラ言葉か。

——などなど、むのたけじのウンコ言葉が『詞集たいまつ』には、二〇〇一篇も集成されているのである。圧巻だ！

むのたけじは八十五歳で胃がん、九十二歳で肺がんを患い、手術せずに自分と戦って、病魔を退散させている。

一身にして二生、三生を経るような人生を歩いて来られて、「絶望のどん底に希望がある」ということを一つの哲学のように言えるには、九十年余り生きなければならなかったと言って、次のような話をして下さった。

「七十年代の後半ですが、津軽に行きました。山の方から冷たい風が吹いて、田んぼが実らない。その田んぼに行って、枯れた稲を見ながら、車座になって思い思いにしゃべった…。

土の上の稲が駄目なら、土の下に根っ子がある。下の方を栽培してみてはどうかと…」。

農民たちは、絶望のど真ん中にあって、この助言に従い、地下で栽培できる長芋とにんにくを植えたところ、暗黒が光明につながったのだった。

しかし、よその県もにんにくを作るようになったのと、長芋は連作ができないことで行き詰まった。加えて外国産に押されて青森特産のリンゴも売れなくなった。

「農民たちは、絶望の中から希望の糧を発見するエネルギーで、外国が売りに来たら、おらも売りに行くべえと、外務省・通産省に頼み『箱入娘』というリンゴをアメリカへ行って売ったり、台湾へ大量に売り込める状態をつくった。それが絶望の底に希望があるということだが、それを一つの哲学のように言えるには、九十年余り生きなければならないということです」

　この当時、九十六歳のむのたけじの言葉の前に、八十を超えたばかりの〝青二才〟は沈黙する他はない。愚生も一生のてっぺんに向かって、これからの人生をゆっくり急がなければならない。

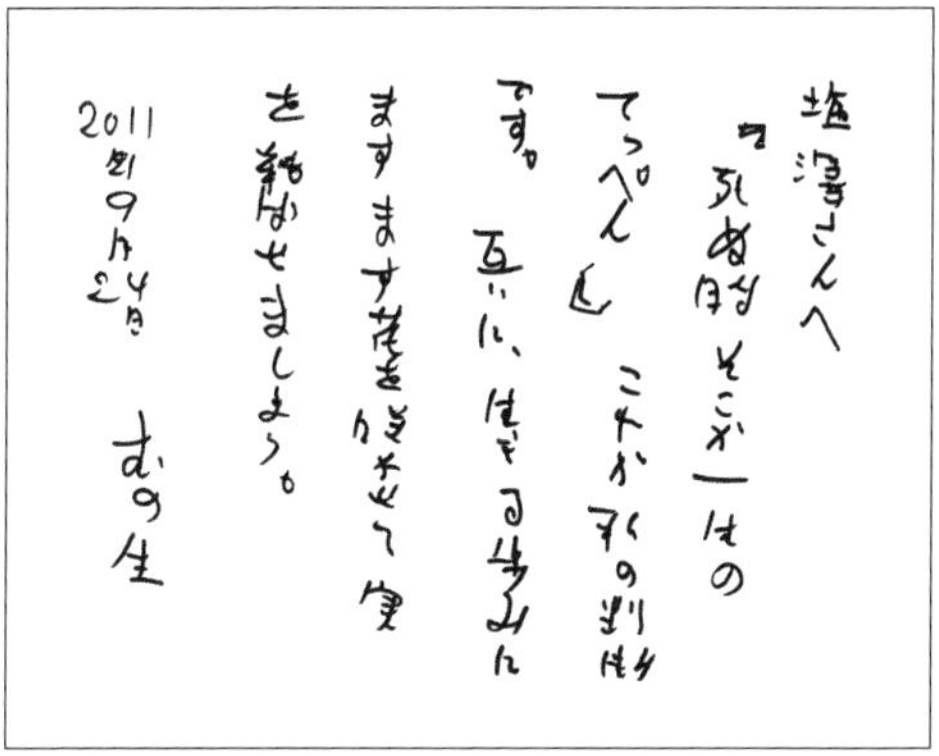

むのたけじの揮毫

『詞集　たいまつ』（評論社刊）

百歳作家野上弥生子の「人生これから…」

現役として百歳まで執筆活動をされた作家に野上弥生子がいる。明治十八（一八八五）年生まれで、昭和六十（一九八五）年三月三十日、百歳を目前にして長逝されるまで大作『森』に十余年の歳月をかけて彫心鏤骨《ちょうしんるこつ》の取り組みをされていた。

弥生子は数え年十六歳で大分県から上京し、明治女学院に学んでいるが、絶筆となった『森』はその女学校をモデルに、明治三十年代の時代相を背景として女主人公の成長を描いた大河小説だった。

この野上弥生子を、敬愛ひとかたならぬ恩人として仰いだ出版人に、布川角左衛門がいた。九十四歳の長寿人生を全うされた先達で、私が常に私淑していた人物だった。

師は私に会うたびに、近況報告を聞いた後で必らず、

「君、これからだよ」

の励ましの言葉を口にされた。

布川自身が、弥生子から言われた励ましの言葉の援用だった。

師は、法政大学に在学中、当時同校の総長野上豊一郎教授の家に出入りしていて、恩師の長男素一（後年、京大教授）の家庭教師をつとめていた。

野上教授は、夏目漱石の門下生で、その関係から寺田寅彦、岩波茂雄らとの親交が密だった。息子の家庭教師が出版社志望と知って、岩波書店へ推薦の労をとったのも、岩波茂雄と一高、東大の同窓に加えて、漱石門下に連なっていたことからだった。

一方、若くして野上家に嫁いだ弥生子は、漱石門下の雰囲気のなかで、小説を書き始めていた。大正五（一九一六）年四十九歳で死去される文豪は、若くして才能ある門下生に発表の機会を与えることで、知られていた。

それ故、野上豊一郎夫人の文才を認めると、門下の鈴木三重吉、友人高浜虚子などに、推薦の労を惜しまなかった。明治四十年に弥生子の処女作『縁』及び『七夕さま』が「ホトトギス」に掲載されたのも、文豪の尽力があったからだ。

以降、『海神丸』『眞知子』『迷路』等と衰えを知らぬ筆力で作品を世に問いつづけ、二十年余をかけた『迷路』六部の大作を終えて、八十八歳で書き始めたのが、遺作となる『森』であった。

岩波書店に入社した布川は、恩人一家と編集者としての対応が始まったが、師の「編集者の思い出」の冒頭には次のように書かれている。

「私は、昭和の初めから約三十年、岩波書店の編集部の一員として、多くの碩学に接した。いうまでもなく、編集部の仕事は、出版の業務関係が主であるが、それには同時に著作者との間に自らパーソナルなものが伴う。従って、それらの方々が私に与えられた知遇の恩恵は、私の生涯にとって何ものにも代えることのできない貴重なものであった」

その恩恵の一つに野上一家との深い縁があったことは、言うまでもない。野上は昭和五十年に死去されたが、師亡き後は弥生子夫人に伺候する流れになった。

布川は昭和二十五（一九五〇）年に岩波書店を定年退職して、栗田書店社長。その傍ら膨大な出版関係の資料を集めて、布川出版研究所を主催していた。

出版社の生き字引的な存在と畏敬される立場になり、七十五歳を迎えた年のことであった。

弥生子を訪問した折に、

「わたしはもう七十五歳になりました。そろそろ引退しなければと……」

と、近況を語り始めると、それまで慈母の微笑を浮べていた卒寿作家の横顔に、きびしい影が走った。

文化勲章受章作家は、十五歳年下の布川角左衛門の言葉をさえぎるように、

布川角左衛門（中央）、植田康夫（『読書人』社長）（右）、塩澤

「何を言うんですか。わたしは九十歳になって、やっと文章らしい文章が書けるようになったんですよ。あなたは、まだ七十五歳だというのに、引退なんてとんでもないことです。あなたの人生は、これからです。これからですよ」

と、毅然として言われた。

その語調には、卒寿に達した人には見られない気魄がこもっていた。

布川は、このとき以来、年齢よって人生の舞台から降りる考えに封印、七十八歳から倒産した筑摩書房の再建に尽くすことになったのである。

私は四十代半ばで出版社を辞め、出版ジャーナリストの看板を掲げて、布川角左衛門に私淑することになったが、最初に言われた言葉は「まだ若い。これからだよ」の未来思考にあふれた励ましだった。

そして、「これからだ」の励ましで、日本最高齢の現代作家・野上弥生子から箴訓《しんくん》を賜ったときの場面を、感動の面持ちであらわに語ってくれたのである。

野上弥生子の謦咳《けいがい》に接する機会は持てなかったが、布川角左衛門に私淑したことから、間接的に「長寿人生をいかに生きるべきか」の心がまえを示唆された思いである。

人生は、いくつになっても「これから」であろう。

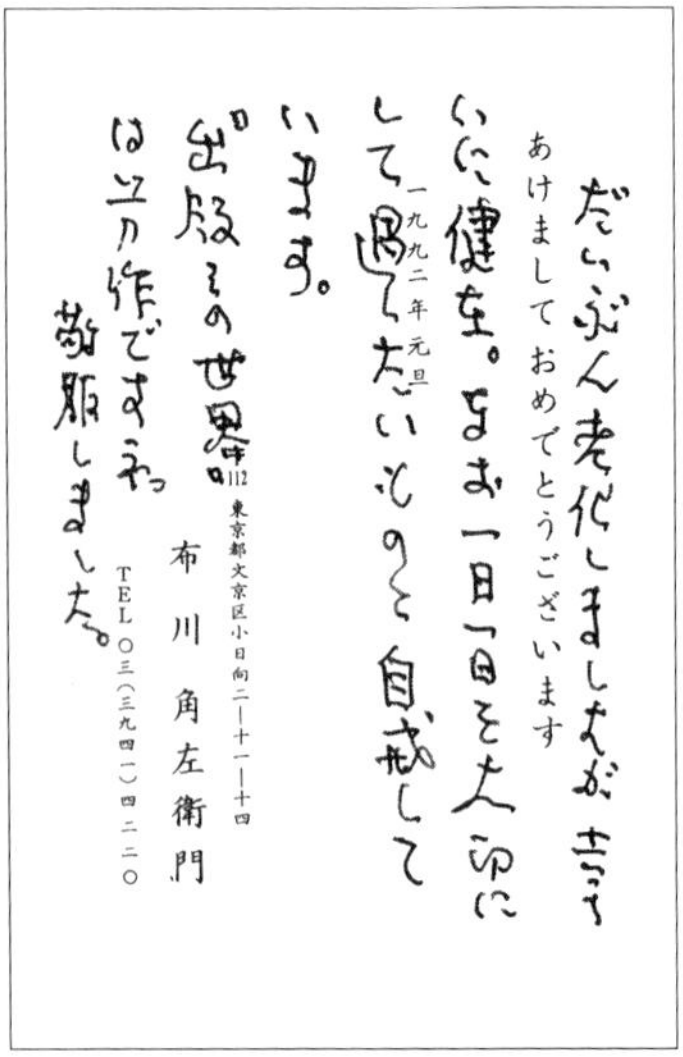
だいぶん老化しましたが幸いに健在。なお一日一日を大切にして過したいものと自戒しています。
「出版その世界」は力作ですね。敬服しました。
あけましておめでとうございます
一九九二年元旦
〒112 東京都文京区小日向二―十一―十四
布川角左衛門
TEL 〇三（三九四一）四二二〇

布川角左衛門から著者宛の年賀状

第二章　活字に残る逸話

出版三部作甦る

三十年ぶりに甦る。

「十年一昔」という慣用語に倣《なら》うと、三十年は一世代に当たるだろうか。激動する現代にあって、この三十年の歳月は戦前の一世紀の感懐がある。

その、三十余年も前に上梓した拙著〝出版三部作〟が、奇特な書肆《しょし》によって、隔月ごとに新装版で甦ったのである。『出版社の運命を決めた一冊の本』『創刊号に賭けた十人の編集者』『作家の運命を変えた一冊の本』がそれで、原本の発行年月をみると、一九八〇年から八一年かけてである。

執筆したのは、刊行した年よりさらに一、二年は遡《さかのぼ》っていて、これは流動出版発行の総合月刊誌「流動」に連載した後に、同社から刊行されているからだ。

つまり、一世代以上前に執筆した雑誌・書籍・作家・編集者の誕生秘話が、新装版の形で甦ったのである。当然、タイムラグは少なくないし、生命体である雑誌に至っては、一世代前には隆盛を誇っていた各誌の過半が消え去っていた。

にもかかわらず新装版発行の運びになったのは、出版メディアパル編集長・下村昭夫の慫慂《しょうよう》を受け、原本のまま刊行する意義を、曲がりなりにも理解した故だった。

そのあたりについては「新版発行に当たって、……はしがきに代えて」で述べているが、産婆役をつとめた「週刊読書人」社長・上智大学名誉教授の植田康夫は、一冊目の『出版社の運命を決めた一冊の本』が新装されるや、「週刊読書人」コラム「風来」欄に、次の通りに紹介してくれた。


『元気に、出版。出版、元気に』という連載を執筆していただいている出版評論家の塩澤実信氏の『新装版・出版社の運命を決めた一冊の本』が出版メディアパルから刊行された。
▼これは1980年に流動出版から刊行された同名の本の再版だが、八十歳を超えた今も健筆をふるっている著者の処女作である。評論ではなく、読物として、出版社の運命を決めた本や雑誌が誕生するまでをドラマチックに描いている▼岩波書店と夏目漱石の『こころ』、講談

社と『群像』、文藝春秋と「文藝春秋」昭和二十四年六月号、早川書房とアガサ・クリスティの『そして誰もいなくなった』、新潮社と「週刊新潮」の創刊、三一書房と五味川純平の『人間の条件』、光文社と松本清張の『点と線』、角川書房と横溝正史の『八つ墓村』、筑摩書房と『世界の文学　エテルナ38』、秋田書店と水島新司の『ドカベン』の10章から成る▼どの章も、取材と資料発掘によって、知られざる事実が明かされ、実に面白いが、著者の人間関係で得られた証言も興味深い。たとえば、夏目漱石の長男は『こころ』を刊行した岩波茂雄について、こう語っている▼「岩波茂雄という人は、いつも久留米絣の着物を着ていて、門下生が集まるようなときでも後ろの方に黙って座っているような朴訥な感じの書生のような人でしたよ。父が彼を可愛がったのも、およそ商売人らしくない、ウソをつけない真正直さだったからでしょうね」▼のちに〝勧進帳〟と呼ばれるほど、確実に売れる漱石の作品を、岩波書店が刊行出来るようになった秘密はここにある」と。

生きものである雑誌

新装版の第二弾『創刊号に賭けた十人の編集者』は五月十日に刊行されたが、「雑誌は生きものである」の〝定説〟を見事に裏づけていた。

「ロマンス」「平凡」「暮しの手帖」「朝日ジャーナル」「太陽」「海」「GORO」「日本版・PLAY BOY」「angle」「BIG tomorrow」の十誌を俎上《そじょう》にあげていた。

オリジナル本が刊行された三十五年前の昭和五十五（一九八〇）年、休刊していたのは、飯田市駄科出身の熊谷寛が敗戦の翌年に創刊し、二十年代前半出版界を席巻した「ロマンス」のみだった。

それが、新装版が刊行された二〇一二年、発行されていたのは、花森安治が産み育てた「暮しの手帖」と、松本出身の小沢和一が創刊した「BIG tomorrow」の二誌だけ。「平凡」は、二十年代後半から百万部台のマスマガジンとなり、ヤングカルチャーをリードした雑誌だったし、「日本版・PLAY BOY」は、昭和五十年の初夏、「四十万部の創刊号を三時間で売り切った！」の伝説を残した雑誌だった。そして、この雑誌もまたミリオン誌になったものの、三十数年にして誌命を終えていた。

取り上げた著名十誌のうち、三十年後に新装の時、二誌だけしか発行されていないのに、あえてオリジナル本の新装版で出している理由は、植田康夫の解説に従うと次の通りになる。

「(前略) これらの本は、最初に刊行された時に読ませてもらい、三冊あわせての出版記念会にも出席したが、30年以上経った今、読み返しても、実に面白くまた教えられることが多い。

これは、塩澤氏が（中略）出版界の表裏をよく知っていることと、さらに取材や資料の発掘によって、知られざる事実を丹念に掘り起こし、事実をたくみに構成してドラマチックな読物にしているからだ。

研究書ではなく、評論でもなく、あくまで事実に語らせるということに徹しているのだが、そのことによって、かえって内容が古びることなく、説得力を持っている。（中略）

旧版が刊行された時は、「ロマンス」を除き、他の雑誌は発行されていたのだが、三十余年経つと、それらの雑誌はもう存在していない。

そのうえ、この読物が掲載された「流動」という雑誌も今はなく、発刊元の流動出版もいつの間にか消えてしまった。

そうした雑誌の持つ厳しい存在条件について考えさせられるのは、本書の冒頭で紹介されている「ロマンス」である。この雑誌は、戦前、講談社の編集者だった熊谷寛と原田常治によって昭和二十一年五月に創刊され、一時は八十万部の部数を発行し、ロマンス社が講談社の社屋を買収するのではないかと言われたほどである。

ところが、この雑誌の発行社では、社内で経営をめぐっての抗争があり、それが要因になって、数年後に経営が行きづまり、倒産する。（中略）本書では「ロマンス」隆盛時代には、今にもつぶれそうだった「平凡」が、芸能娯楽雑誌として発展してゆく様子も描かれている。その「平凡」も今はない。雑誌の苛酷な内幕をこの本はよく伝えている」

ちなみに、出版ジャーナリストとして細々として糧を食む私の出発点は、同郷出身の岡村二一、熊谷寛に憧れ、熊谷家の居候になったことからだった。

『麻雀放浪記』の周辺

さて、三部作の最後『作家の運命を変えた一冊の本』には、阿佐田哲也の『麻雀放浪記』を手はじめに、川上宗薫と『流行作家』、梶山季之と『黒の試走車』、山田風太郎と『くの一忍法帖』、宇野鴻一郎と『遊びざかり』、大藪春彦と『野獣死すべし』、森村誠一と『人間の証明』、笹沢佐保と『木枯らし紋次郎』、松本清張と『昭和史発掘』、梶原一騎と『巨人の星』の十人の作家のエポックメーキングな作品を俎上に載せている。

この中で私が話題の作品に最も深くかかわったのが、『麻雀放浪記』であった。作者の阿佐田哲也は、ある純文学作家のふざけたペンネーム―麻雀をすると徹夜になるから「朝ダ徹夜」のもじりだったが、小説はペンネームにそぐわない、ギャンブル賭博に身をもち崩し、修羅場を生き抜いた者にのみ描けるアウトローの世界が、実にヴィヴィッドに描かれていた。

『麻雀放浪記』が私の担当誌に載りはじめると、無類の面白さから売れゆきは激増し、同業者の話題になった。が、作者との約束で、当分正体は明かさないことになっていた。

そんなる日、梶山季之と田辺茂一の対談を銀座のレストランで企てた。梶山は、席に着くなり編集長の私に向かい、「阿佐田哲也って何者ですか……」と、度の強い眼鏡の奥の柔和な眼に、畏《おそ》れの影を浮かべて訊《き》いてきたのである。

梶山季之が声をひそめて、その正体を訊く理由は、麻雀を知らない私にも理解できた。

「色川さんです。色川武大…」

梶山の表情は、謎の人物のフルネームを言い終わらぬうちに和んだ。

ピース罐から抜きとった煙草を軽く口にくわえると、

「ああ、色川さんね。色川さんだったらわかる……安心しましたよ」

と言葉を切り、緊張感から解放されたように一息、煙を吐き、間をおいて言った。

「もし素人に、あんな巧《うま》い小説を書かれたんでは、僕らメシの食いあげですよ。色川さんだったら、当然、お書けになるでしょう」

私にとって、この小説にはさらに思い出があった。『麻雀放浪記』を掲載する週刊誌の編集長が、麻雀を知らないでは面目ないと、おくればせの入門を「イロさん」こと色川武大に申し込んだのである。

すると、色川は穏やかな表情ながら、二重瞼《まぶた》の大きな眼で私をのぞき込むようにして、

「シオさん、こんな遊びをいまから覚えることはないですよ。あんたは賭けごとをやらないから、運を小出しに使っていない。だからいい運を持っているんです」

と、ユニークな運勢観をもらして、ぼんくらの入門をやんわりたしなめてくれた。

彼がその時に口にした「こんな遊び」の言いざまには、唾棄するような侮蔑のひびきが感じられた。

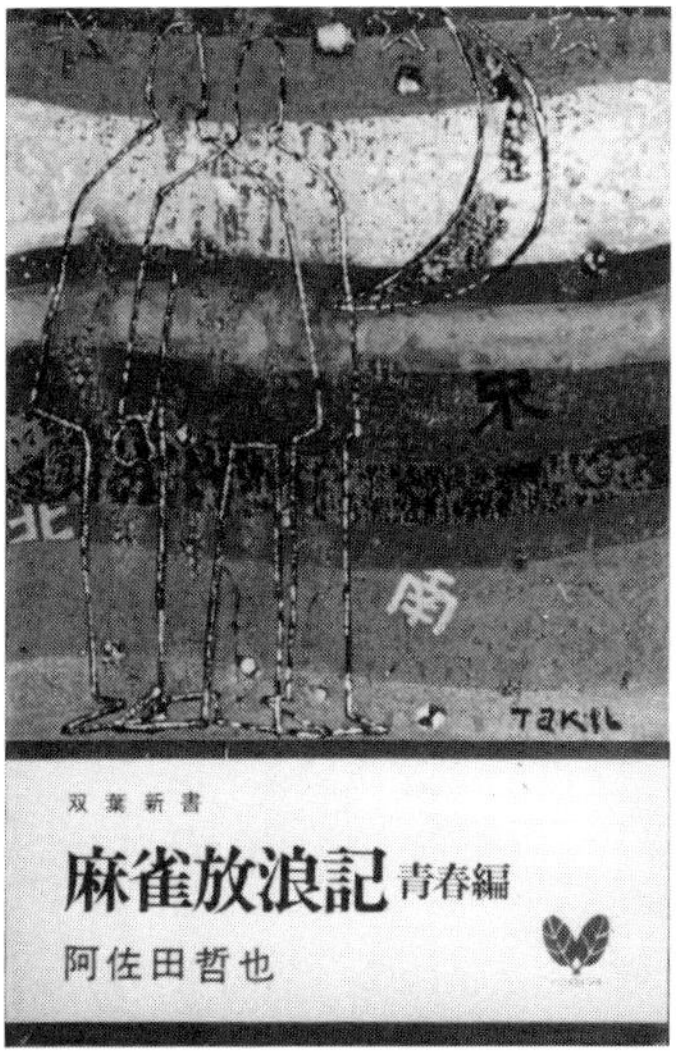

『麻雀放浪記　青春篇』（双葉新書）

色川武大は、私が三部作の出版記念会を日比谷の松本楼で開催した折に、発起人の一人に加わってくれたほか、自らが登場させられる『作家の運命を変えた一冊の本』の帯に、次のような賛辞を寄せてくれた。

作家だけでは本はできない。一冊の本がヒットするまでには、必ずそれにふさわしい裏のドラマがある。そのドラマを知って

いるのは編集者だけである。

けれども彼等は裏方に徹する慣習もあって公の場ではなかなかしゃべらない。シオさんは昔から信州人の気骨と出版人としての怜悧な眼を併せ持った編集者だったが、変わらぬ熱っぽさで近年著した『出版社の運命を決めた一冊の本』『創刊号に賭けた十人の編集者』とともに、この本もそうした立場からの貴重なエピソードを連ねてある。

これは戦後娯楽小説史であるとともに、人間の営みを側面から捕まえた興味深い読み物にもなっている。

色川武大（作家）

色川が阿佐田哲也ではなく、泉鏡花賞、直木賞、川端康成文学賞、読売文学賞に輝く本名で、拙著に賛辞を寄せてくれたことに深い友情を感じた。

甦った出版三部作は、出版ジャーナリストの看板を掲げることになった私の処女作であり、もの書きになる原点だった。地味な三部作が心ある出版メディアパルの下村昭夫、道吉剛の融合化したカバーデザイン、植田康夫の推薦によって再生されたのである。

新装版が多少なりとも、出版に興味を持つ方々のお役に立てば望外の悦びである。

焼跡雑誌　仰天の誌面

敗戦直後の衝撃

「一身にして二生を経るが如き」は、一万円札の肖像・福澤諭吉の名言である。幕末から維新を経て、二十世紀のトバ口まで生き、日本の黎明期に西欧から米国まで見聞した啓蒙主義者の実感だった。

この大先達に通底する感懐は、敗戦直後を知る者に間違いなくあった。天皇制を頂点とする幻想国家の崩壊を目の当りに見た人々は、二生、三生にも相当する衝撃を受けていたはずだった。

しかし、その七十年前の世の頽廃《たいはい》・混乱ぶりは、史実として語る時代となった。当時、生存本能に駆りたてられて、口に入るものならなんでも胃の腑におさめた飢餓体験は、遥かな思い出となってしまったのである。

太平洋戦争の末期、ルソン島で壮絶な飢えに苦しんだ評論家山本七平にインタビューした折に、

「何がおそろしいと言っても、飢えるほど怖ろしいことはありません。しかし、食にありつくと、その恐怖感は一週間で忘れ去ってしまうんですね」

と、丁寧に異常体験を話してくれたことがあった。

人肉で飢えをしのぐ兵もいた地獄戦線からの生還将校のこの一言は、いまに至るも私の忘れがたい言葉となっている。

このように、最大な恐怖感となる飢えでさえ、満足な食にありつけば一週間で忘れてしまうのが人の性《さが》としたら、塗炭《とたん》のきわみにあった七十年前を甦らせる方策に、どのような手段があるのだろうか。

あれこれ思索する中で、ふと思いついたのが、毒舌評論家大宅壮一直伝の反古《ほご》雑誌を生かす一策だった。〝天下のヤジ馬〟を自称するこの社会評論家は、読み終えるや、棄てて顧みられないゴミのような古雑誌類を、約三千種、延べ冊数にして十八万冊も集め、三万冊の蔵書とともに「雑草文庫」と名づけて分類整理していた。

彼が古雑誌に着目した理由は、

「僕は本を集めるんでもな、図書館にあるような権威のあるものは集めないんだよ。つまらん本ほどいいんだ。一時、大衆の間に圧倒的に受けて、今はもうゴミダメの中にあるようなものがいいんだ。そういうものがネタになるからね」

であった。

つまり、〝阪僑〟を自認する評論家の伝《でん》に習って、驚天動地の時代を語る古雑誌を発掘し、整理をこころみれば、四十年、五十年前のリアルな記憶が甦ってくるのではないかとの思いだった。

そこで『活字の奔流─焼跡雑誌篇』のタイトルで、敗戦の昭和二十年八月十五日から一カ月足らずで創刊された総合雑誌「新生」。戦前、「神聖ニシテ侵スヘカラス」とされた天皇の〝竜顔〟を、ゴミを掃くホーキにすげかえて「天皇は箒である」の特集を組んだバクロ雑誌「眞相」。そして二十年代前半の雑誌界の覇者「ロマンス」。三誌の束の間の光芒を調べることで、あの激動の時代を再現させようと志したのである。

雑誌の覇者「ロマンス」

幸運にも、私は「ロマンス」を創刊した熊谷寛家の、押しかけ居候から出版界に足を踏み入れて、混乱の二十年代を知っていた。

熊谷は信州は飯田市在の元竜丘村駄科の出身で、青年時代に羽生三七（後の政治家）、岡村二一（東京タイムズ社長）らと、伊那峡谷で文芸雑誌「夕樺」を創刊するなど、文化活動をした後、上京して日大に学び講談社に就職して、「婦人倶楽部」編集一筋で二十年を過ごした。

この熊谷と、小学校時代から親友の岡村二一も、代用教員を経て東洋大学に学び、新聞記者となって数々のスクープで、その人ありと知られた存在になった。

熊谷寛は、太平洋戦争末期に講談社から身を引き、岡村の斡旋で新聞連盟に籍をおいていた。敗戦前に講談社を離れていたことが、その後に展開する「東京タイムズ」の創刊につぐ「ロマンス」のスタートに天の時、地の利を、得たことになる。

「東京タイムズ」は昭和二十一年二月。「ロマンス」がその三カ月後に創刊されるが、日刊新聞を創刊して百日足らずの雑誌の発行は、一兎の謗《そし》りをまぬがれないことであった。しかし、熊谷は「ロマンス」の創刊に充分の成算とプランを持っていた。九十四歳までの長寿だったとき子夫人は、そのあたりを、

「主人は講談社時代から『ロマンス』という誌名の娯楽読物雑誌を出したい夢をもっていました。社内で誌名募集をした折に提案したこともありました」

と、戦時中から、心の中で温めていた雑誌だったと、私に話してくれている。

「ロマンス」は創刊されるや、新鮮で甘い誌名と、伊藤龍雄のエキゾチックなパステルの美女の表紙、そして活字に飢えていた大衆の渇望を癒す読物と相俟って、すさまじい〝ロマンス旋風〟をまきおこした。

先んずれば人を制するのタトエを地で行って、「ロマンス」は発行するごとに伸びつづけた。熊谷寛は、古巣の講談社から、先輩・同輩・後輩を迎え入れ、「婦人世界」「少年世界」「映画スタア」と次々、新雑誌を創刊していった。

その躍進ぶりに着目したＧＨＱは、アメリカのマックファーデン出版社と提携し、同社発行

『ロマンス』

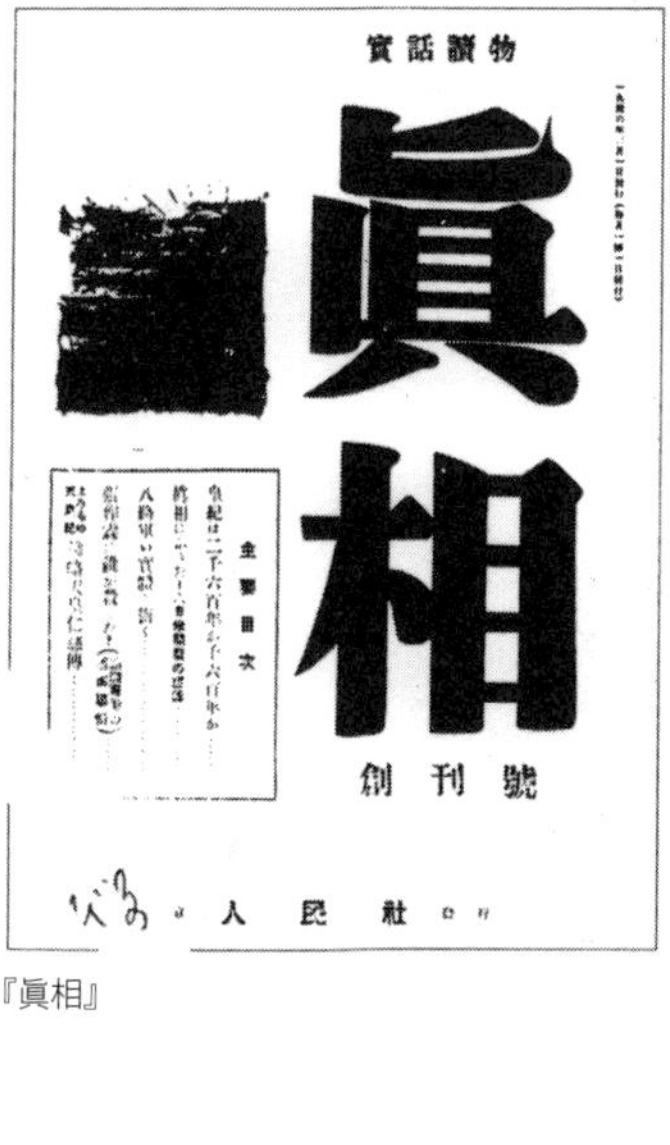

『眞相』

の「トルー・ストーリィ」と「フォトプレイ」日本版を出すよう斡旋したのである。

この交渉に、急遽ロマンス社に招かれ、外国部長の肩書で、マックファーデン出版社との通訳に当ったのが、アメリカ生まれの二重国籍を持つ福田太郎だった。

彼は、戦時下、中国大陸で児玉機関をつくり、戦略物質や麻薬の密売に暗躍して、A級戦犯に問われた児玉誉士夫の東京裁判における通訳として活躍した人物だった。肩幅の張った背広と訛りの強い日本語。おおきなジェスチャーを身につけたその人となりには、典型的な在米二世の臭味があった。

ちみもうりょうの巣窟

ロマンス社には、福田太郎と児玉誉士夫の線からの右翼グループ、満州講談社からの引揚者櫻庭政雄を営業総括の副社長に登庸したことから、満州ゴロや関東軍グループなどが接近する伏線が生じ、社の命運を左右することになった。

戦後最強の内閣だった田中角栄総理を、『田中角栄研究―その金脈と人脈』（昭和四十九〈一九七四〉年文藝春秋十一月号）で退陣に追い込んだ立花隆は、ロッキード事件のフィクサーとして暗躍した児玉誉士夫を詳細に調べるうちに、児玉の通訳だった福田太郎が、ロマンス社の外国部長の肩書を持っていたことに俄然注目して、次の通りに書いている。

「福田太郎が一時身をおいたロマンス社や、ロマンス社の後身のロマンス・クラブには、まるで一族再会のように児玉誉士夫グループ、関東軍グループ、中野学校グループ、陸軍特務グループ、国府グループなどがむらがっていた」

この記述を額面通りに受け入れると、熊谷寛、岡村二一らの手によって生み出されたロマンス社は、戦後日本の裏面に暗躍した魑魅魍魎《ちみもうりょう》の巣窟だった感がする。

『眞相』誌の怪文書。ロマンス社倒産にからむ。

慧眼なノン・フィクションライターに、バイアスのかかった記述をさせたのは、昭和二十五年の夏、ロマンス社が突如、二億円の負債を抱えて倒産したとき、バクロ雑誌の「眞相」が「〝ロマンス〟崩壊にからむ極東コミンの密使」というおどろおどろしたタイトルの特集を組み、怪文書の定義にぴったりの、出所が明らかでない記事を掲載した後遺症と考えられる。

ロマンス社熊谷寛社長（左）、マックファーデン社社長

立花隆は、『角栄研究』の下巻で、児玉誉士夫とは何ものか。ＣＩＡと児玉の関係といった部分を書く前に、当時すでに絶版になっているような戦後秘史的な本や、廃刊になった雑誌を精力的に集めた。雑誌は大宅壮一文庫をフルに活用したが、その時、立花を刮目《かつもく》させたのが、バクロ雑誌を標榜する「眞相」だった。彼は次の通りに語っている。

「戦後すぐに『眞相』という雑誌があって、いまの『噂の眞相』みたいに、かなり危なっかしい話でもどんどん書いてしまうバクロ雑誌があったんですが、これなんかずいぶん役にたちました」

役に立つどころか、立花隆の児玉誉士夫に対する戦前の資料は「眞相」に因っているところが大きかった。

そして、その「眞相」に、ロマンス社倒産劇の虚実皮膜を衝く興味にあふれた特集が大々的に掲載されていたわけである。

ロマンス社倒産当時、私は、入社早々に社長派副社長派に二分された見苦しい内紛を見ていた。その現場に居た者の体験に照らして、「眞相」に書かれた倒産劇の記述には、社内からのリークがあったのは事実だった。

熊谷社長を恫喝するために闖入してくる満州ゴロに、私はその都度会っていたが、緊張で強張った顔の徒輩は、「君は外に出ていたまえ！」と、横柄な態度で命ずるのだった。

編集のベテラン揃いだったが、計数に明るい者が不在のロマンス社は、こんな徒輩のタカリのターゲットにされたこともあって、束の間の栄華を享受した後に、倒産に追い込まれてしまったのである。

「天皇ホーキ」事件

敗戦後の稗史《はいし》を書くとき、バクロ雑誌「眞相」の誌面は、実に大きな主題を語る資料となっているわけだが、同誌は佐和慶太郎が昭和二十一年三月に創刊した雑誌だった。

「誌名を最初『天皇評論』と名付けようと考えていた」

と述懐しているように、天皇制と天皇神話をうちやぶる目的でスタートしている。

だが、無条件降伏で完膚《かんぷ》なきまでにたたきのめされた直後—偶像化された天皇およびその取り巻きの威信が地に堕ちている時に、「天皇評論」は読者に拒否反応されると、バクロ雑誌「眞相」にしたのである。

創刊の目的が「神聖ニシテ侵スヘカラス」の天皇およびその制度を徹底攻撃することだったから、毎号の特集はすごかった。

まず、皇紀二千六百年と謳われた皇紀のマヤカシを暴く特集を　創刊号に掲載したのを手はじめに、連合軍のラジオ班からの資料提供で「眞相はこうだ！」。世界最強を豪語した日本軍が、〝ハリコの虎〟どころか圧倒的な武力を誇るアメリカ軍に、アッという間に殲滅《せんめつ》させられた太平洋上の戦いの帰趨《きすう》を、いまの時点で読んでも驚くほどの正確さでレポートしていた。

また、無学歴の身で中国大陸へ渡り戦略物資をかき集めた児玉機関の主、児玉誉士夫の行状や、戦前の権力者、国家予算をムダ喰いして、虚飾な生活をつづけた元皇族や華族のみじめな戦後の日々などを詳細に、バクロしていたのである。

その究極に、天皇の顔――戦前に、〝御龍顔〟と最高の敬語でほめそやされていたそのお顔を、あろうことかゴミを掃くホーキにすげかえて、「天皇は箒である」の特集や、特集号に「ヒロヒト君を解剖する」を行ったのである。

写真を添えないことには信じ難いと思うので、問題の頁を再録しておくが、象徴天皇をこんなヤユ対象にできたのは、威信が地に墜ちた敗戦直後だったからである。

「天皇は箒である――などといったら、神国日本の夢から醒めぬ天皇ゴジ派の諸君は、〝ウム、不敬不遜、世が世であらば……〟と切歯扼腕するだろうことはヨク分るのだが、イカンせん、真実なのだからしかたがない。数千人の労働者が命のつっかい棒と頼む坑木が腐りはてても一顧もしない炭鉱資本家、数十万の人民が日夜往来する道路にウソッパチの公約スローガンが風にふかれてなびいていても見向きもしない官僚共が、われらが象徴の往くところ、地下千数尺

天皇の顔を箒にすげ替えた「天皇は箒である」記事

の黒闇地帯から、オメシ車が一瞬疾駆し走る街頭の一角、建物の壁に至るまで、ナメルが如く、払うが如く、たちまちにして変る美まき町、美まき村。げに〝天皇は箒である〟といいたくなる次第である。不敬のついでに陛下に言上奉るが――新型自動車にでも乗って、全国津々浦々を走り廻ったら、さぞかし〝麗しき国土〟となり、観光日本のために役立つで

あろうというものである」

戦前〝現人神《あらひとがみ》〟とされた天皇の股肱《ここう》・日本人は、この神の命令で赤紙一枚で駆り出され、〝水漬く屍《かばね》 草むす屍《かばね》〟となって、異国の山野や海に果てていたのである。

〝民草〟といわれた天皇制国家の国民の胸の底には、戦時下に強いられたこの不条理への怒りと哀しみが渦を巻いていたから、「眞相」誌の、びっくり仰天企画が実行できたものと考えられる。

佐和慶太郎は、数年後の「眞相」誌上に『鋏厄史』を発表していて、その述懐に従うと、「天皇ホーキ企画」は、次のようにたてられていた。

「ことのおこりは、『眞相』も十冊まで号を重ねて、目あたらしい企画を考えている時、最新の『アサヒグラフ』に、天皇の関西行幸の写真が載っているのに目をとめた。

佐和は、それをじーっと眺めている中に、

『国民はみなボロボロの戦災バラックに住み、食うや食わずでボロを下げて毎日を生きているというのに、天皇一人が見物にくると、町はこうもきれいになるのか』と考えたのだ

そこから『天皇の歩く場所はみんなきれいになるなら、天皇はホーキじゃないか』と、空前の迷（？）企画を生み出すに至った」

『活字の奔流——焼跡雑誌篇』（展望社刊）は、「新生」「眞相」「ロマンス」三誌の誌面から、このような敗戦直後の日本の姿をよみがえらせている。

反古雑誌を丹念に読むことで、あの戦後の激変時代がたしかな感触で再現されたと考えているが、いかがなものだろうか。

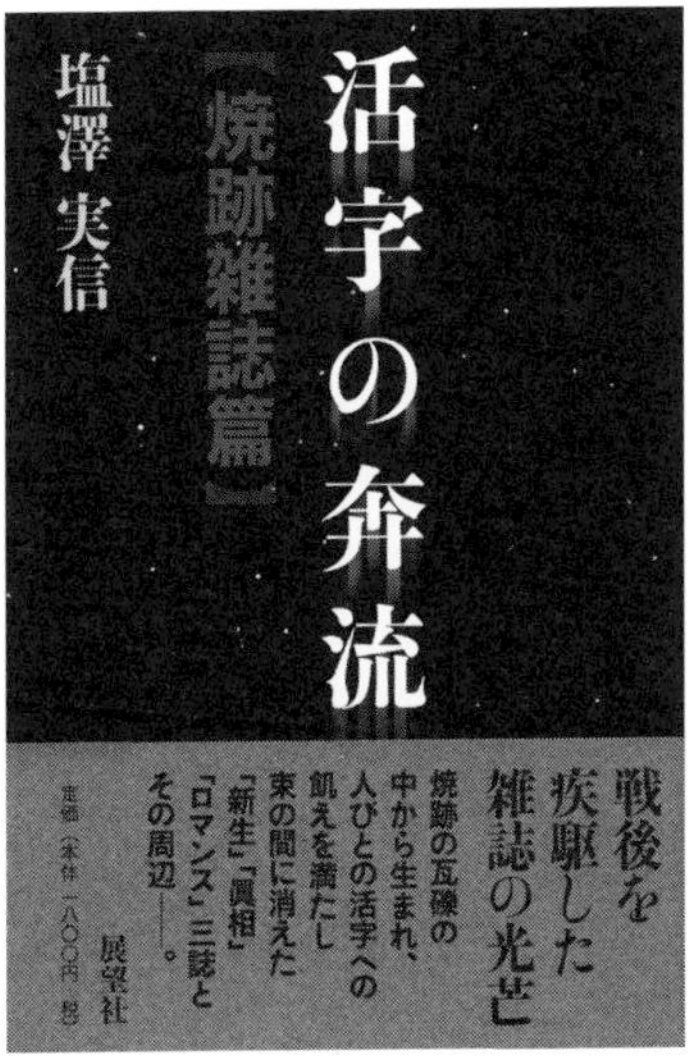

『活字の奔流ー焼跡雑誌篇』（展望社刊）

友情を貫いたマスコミ人

丘で結んだ友情

信州は飯田で発行する南信州新聞が創刊から二万号に達したのは、平成二十四（二〇一二）年の七月だった。年月に換算すると、半世紀を悠に超えていて、日刊紙の面目を誇って余りある快挙である。

この歴史ある地方紙に、もの書きの端くれとして、無慮三、四百回も寄稿していたみぎりで、同郷の新聞界の先達岡村二一のプロフィールを書く巡り合わせになった。

無学非才をかえりみず、私がジャーナリズムの道を志したのは、郷党の星と仰がれた東京タイムズ社長岡村二一、ロマンス社長熊谷寛に憧れを抱いたからである。

日刊紙の「東京タイムズ」、雑誌の「ロマンス」共に、敗戦直後に創刊され、一時はマスコミ界を席巻した刊行物であった。国の存亡が危惧された混乱期に、日刊紙と月刊誌をいち早く創刊し、鮮やかなデビューが可能だったのは、両氏が独立する気概と、深い友情に結ばれていたからだった。

両氏の経歴をかいつまんで述べると、信州は飯田在の旧竜丘村の桐林と駄科の出身であった。二十世紀の初頭に生まれ、竜丘尋常高等小学校に学んでいる。

揃って文学少年で、大正から昭和にかけて隆盛を誇った博文館の「少年世界」や、大日本雄弁会講談社発行の「少年倶楽部」に投稿し、自分の名が活字になると鬼の首を取ったように自慢しあったものという。

両少年とも出来がよかったので、飯田中学校へ進学すると考えられていた。が、岡村は小学校教師の不用意の一言「二一は二一歳で死ぬ」と言われたことがトラウマになって、中学へは進まず、町の私塾の松涛義塾に学び、検定試験を受けて、小学校の教師に就いた。

一方、寛少年は飯田中学へ進み、日大芸術科を終えて、講談社の「婦人倶楽部」編集部に入った。両人の進路はここで別れた格好になったが、二十歳前後に短歌の同人誌「夕樺」に拠って、文学熱を燃焼させた一時期があった。

「夕樺」は、伊那峡谷の文学青年が発行していた幾誌かの個人誌が統合されて、刊行されるようになったもので、今村邦夫（信州日報元オーナー）の歌と詩の回覧誌「物之生命」、関谷峡村（本名桑之助・現「南信州新聞社長関谷邦彦」の父）の「東雲」、熊谷寛（ロマンス社創業者）の「失名」などが、その下地になっていた。

合体に当って、「物之生命」が支柱の恰好になり、大正九年十月発行の第四号あたりで形が整ったので「生命」と改題。あらたに十六人が同人になった。

岡村笛人（二二）、岡村ゆめ人、羽生三七、桑原群二、中田金吾、今村邦夫、熊谷寛、中田美穂、竹村浩、関谷峡村、北原理一、原苗村、宮下操、長谷部鑑、新井白雨、新井武夫らだった。

「生命」は、これらの才子が加わったことで、文芸誌らしい誌名に変えようと討議の上、岡村笛人の提案した「夕樺」に改題された。当時文学青年の話題の的だった「白樺」を意識しての誌名だった。

「夕樺」は、大正十（一九二一）年一月一日にスタートした。この誌は、伊那谷各町村、各界のリーダーになる人物が続々、同人に加わる成りゆきになった。

郷党の星の輝き

当初、芸術至上主義の色が濃かった「夕樺」は、ほどなく伊那谷の革新機運を先導する自由青年連盟（リベラル・ヤング・リーグ）「ＬＹＬ」のカタパルト（射出機）になった。

羽生三七（参議院議員）、山田阿水（信州日報編集長）、今村邦夫（同オーナー）らが結成した急進的青年運動だった。ところが、ＬＹＬに「夕樺」の主要人物、岡村二一、熊谷寛の名が見当たらないのは、大正十一年に前後して上京していたからだった。

岡村の回想録「創業期の男たち」には、次の通りに述懐されている。

「熊谷は中学を出ると上京し、日大の芸術科に学んだ後、講談社に入り婦人倶楽部の記者になった。一方、私は（中略）小学校教師になったが、文学や青年運動に身を入れすぎてクビになり、上京して東洋大学に学ぶ傍ら、新聞社の学芸部や出版社を訪れては原稿の売り込みをやり、僅かな原稿料を稼いでいたのだが、このころ熊谷が婦人倶楽部の特別企画の取材や作家の談話筆記などを注文してくれたので、大いに助かった」

熊谷寛（左）と岡村二一（右）

岡村と熊谷の持ちつ持たれつの友情は、岡村が東洋大学を卒えて万朝報社に入社、新聞連合を経て同盟通信社に転じ、社会・学芸部長、編集局次

長へと累進する間も変わらなかった。淋しがりやの岡村は、私信で絶えず熊谷に友情を求めていた。

この岡村二一が、一躍、天下に名を知られたのは、昭和十六（一九四一）年、松岡洋右外相の独伊ソ訪問に、報道機関を代表して随行。世界を驚嘆させた日ソ中立条約の調印をスクープしたことだった。

岡村はこの旅の折、奇策奇略の松岡洋右の国際的大ドラマと、二十世紀を蹂躪した梟雄ヒットラー、イタリアのムッソリーニ、マキャベリズムの権化スターリンを直に見ていた。

一介の伊那谷の文学青年から、いまや国際的にその名を知られた敏腕記者になった岡村の命運が一転するのは、太平洋戦争に敗れたことからだった。

彼の活動の場、同盟通信は戦争責任を問われて解体され、共同通信になった。岡村は再びそこへ戻る気になれず、今後の生活を思案しているところへ、朝日新聞の橋本登美三郎から「新しい時代の新しい政党を作るから参加しないか」と誘われ、言下に賛同した。

そして、自ら名付けた「民党」から、岡村も郷里を地盤に立候補することにした。が、長野県三区の飯田地区には小学校時代の恩師代田一郎、親友の片山均が立候補していた。さらに、戦争協力者に下された占領軍の追放令が、岡村二一の上にも下されていると知って急遽、取り止めた。

戦後マスコミの華

岡村二一、熊谷寛の人生に画期的な転機を齎《もたら》す日刊新聞の「東京タイムズ」、月刊誌「ロマンス」創刊は、昭和二十一年の早春である。

立候補を取り止めて、これからどう生きてゆくかアテをなくしていた岡村の原宿の私宅に、ひょっこり訪ねてきたのが熊谷寛だった。

その熊谷が、「新しい新聞を出しませんか」と、独特の早口でケシかけたのだ。

「駄目だよ」

前途への夢を失していた岡村は、ニベもなく断わったが、熊谷は三日つづきで新聞の創刊を持ちかけてきた。

岡村は熊谷の執念にいささか呆れ返って、

「君、講談社の勤めはどうなっているの」と聞いた。

「やめちまったよ。新しい仕事をやるために」

「へえ、背水の陣だね。それじゃ一体、何という題名で出すつもりなんだ」

「東京タイムズ！」

岡村はそれを聞いた途端、霊感にうたれたように起き上った。

「よし、やろう！　イギリスにロンドン・タイムズがあり、アメリカにニューヨーク・タイムズ！　日本で東京タイムズの創刊！　世界の三大タイムズだ。これはきっとモノになるぜ！」

岡村は小学校時代からの親友熊谷寛の手をがっしり握った。兄事する岡村の固い握手に喜んだ熊谷寛は、「雑誌も出すんだ。この方はロマンス！」と、彼年来の夢―新時代に応える斬新な誌名を挙げていた。

岡村は東京タイムズの発行人を熊谷寛に決め、新聞紙としての販売方針を、戦後の荒涼たる日本に明るさと楽しさを斎す新聞でありたいと、小説や読みもの、漫画に力を注ぐべく企てた。

それで、最初の連載小説に、詩人仲間だった今を時めく林芙美子に頼むべく、下落合の堂々たるお屋敷を訪ねて
「稿料は後払いで、創刊号から連載小説を」

云々と勝手な頼みをしたのである。

すると、一大流行作家は玄関脇の小部屋をアゴで指して、申し訳なさそうに言った。

「あの通り原稿催促のお客さんばかりで、眠る時間もない始末よ。一段落したら書くから口あけは菊田一夫さんに頼んでよ」

林が候補者に挙げた菊田とは、岡村、林の処女詩集を印刷した社の文選工から、サトウハチ

ローの門下生になり、喜劇王エノケンの座付作者を経て、ラジオドラマ『鐘の鳴る丘』で大躍進する寸前の作家だった。

　その菊田一夫は、岡村の訪問を受けると、

「ト、ト、東京タイムズ　ソ、ソ、ソー刊号第一作ですから『ト、ト東京はコ、コ、恋し』にシ、しましょう」

　と、吃音者独特の早口で、早速タイトルを決め、嬉んで引き受けてくれたという。

「こうして東京タイムズは、天下の人気作家が相ついで登場。（中略）新聞は面白いほどよく売れた。大新聞も割当ての用紙不足で、駅や街頭のスタンドにまではほんの僅かの部数しか配置できなかった。だから、スタンドを占領する東京タイムズはいくら増刷しても足りないほどの売れゆきだった。そのうちに戸別配達の販売店からも注文が来るようになって創刊三カ月後には、当初に内閣から割当てられた二十三万部の用紙は消化しつくされてしまった」

　と、岡村二一は述懐している。

菊田一夫

友情、生涯を貫く

東京タイムズの絶頂は、昭和二十三年代の三十六万部で、その後は減少の一途を辿り、昭和四十八年、「アサヒ芸能」で知られた徳間康快に経営権を譲り、岡村は代表権のない会長になった。

その会長職も一年で去った。往年の新聞界の麒麟児《きりんじ》は――日本新聞協会副会長、共同通信副会長、新聞通信調査会理事長、日本教育テレビ副会長等々の顕職に「元」が付く立場になって、五十三年七月に死去する。七十七歳であった。

晴れて徳間康快の天下になった東京タイムズは、タブロイド判、ブランケット判と試行錯誤を繰り返し、幾度か誌面の革新を図ったが、一度も黒字化することなく、徳間の経営下で約百六十億円の累積赤字を計上。十九年目の平成三年に休刊した。

創刊から四十六年目―南信州新聞今回の二万号に遥かに及ばない号数だった。岡村二一、熊谷寛ともに、手塩にかけて生み育てた東京タイムズの消滅の前に、冥府に旅だっていることが、せめてもの救いであった。

一方、東京タイムズ創刊三カ月後、出版局から派生した〝映画と歌の娯楽雑誌〟「ロマンス」

は、昭和二十三年代に八十二万五千部を発行。「婦人世界」「少年世界」「スタア」「トルーストーリィ」「フォトプレイ」の六大雑誌を発行して、最盛期には「ロマンス社一社で、全出版界定期刊行物の三分の一を出した！」と豪語するまでになった。が、奢る者は久しからずのタトエを地で行き、獅子身中の虫に社は倒されてしまった。

熊谷寛は「婦人世界」一誌を持って再起を図る。が、一年で夢は潰え、東タイに監査役として出戻った。その熊谷に「運勢判断を始めてみないか」と、勧めたのが岡村二一だった。

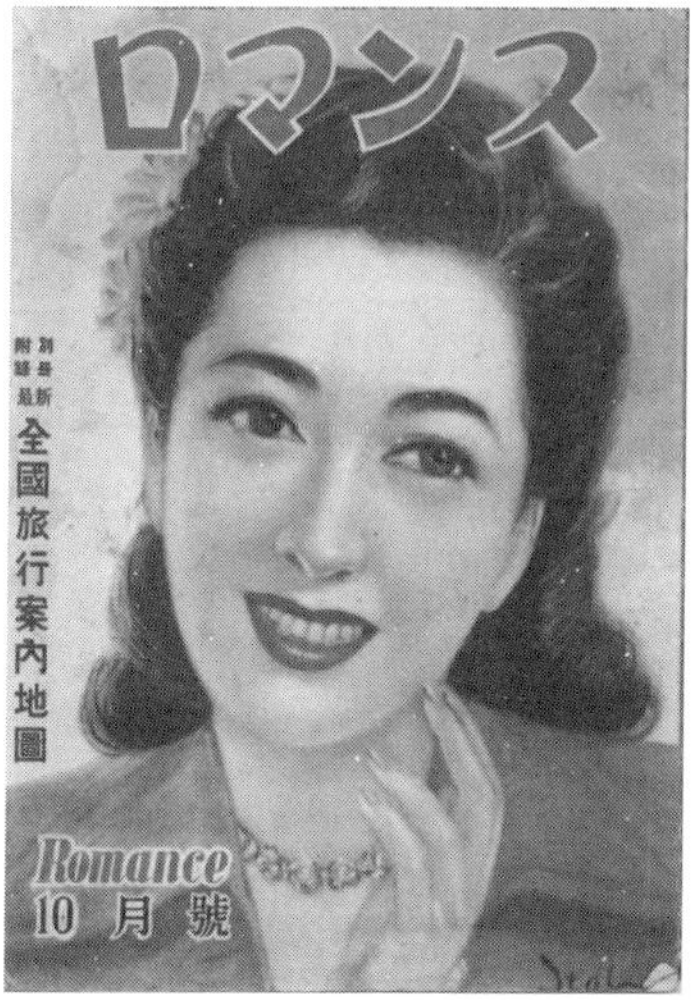

『ロマンス』

『フォトプレイ』

「東京タイムズ」という題号を用意して、失業中だった岡村に、新興新聞の発行という奇抜なアイデアを示し、自らも「ロマンス」を計画して一度は、出版界を座巻した人物である。

「この男には何か常人の考えの及ばないヒラメキがあると私は考えたからである。

この思いつきは大当たりだった。彼は直ちに丸善に注文して、アメリカで流行している誕生日による運勢判断の本を多数取り寄せて研究した後、まず『今日の運勢』と題する記事の連載を始めた。(中略)このとき彼は『宇佐見斎』というペンネーム――いや易者名を用いた。本名の〝寛〟を三つに分解するとウサミとなる。その下へ気取って斎とつけたのである。

この宇佐見先生の運勢予言は、まず、東タイの読者から非常な歓迎を受けた。勧めた私がびっくりするほどだった」

と、岡村二一は回想している。

竹馬の時代に芽生えた二人の友情は、生涯を通して貫かれたわけである。

末筆に付け加えると、私は熊谷寛家の居候から出版界に入り、六十年余りのいまも斯界から足を洗えずに老残の身を晒している。埒も無い拙著を数多く刊行しているのも、山猿同然の非才を居候に拾い、育ててくれた熊谷寛一家の芳恩あってだった。

ゲリラ雑誌「噂の眞相」の存在感

ミニコミ誌の強さ

「噂の眞相」は、「発売日が待ち遠しい唯一の雑誌」と、椎名誠が言ったそうである。雑誌づくりの名手、「週刊文春」元編集長の花田紀凱（現ｗｉｌｌ編集長）は、「表紙から最後の頁まで読む一誌ですね」と語っていた。

不肖私も、数十誌送られてくる定期刊行物の中で、届き次第にすぐ読む雑誌であった。

理由は、Ａ５判百四十二頁の誌面に、虚実皮膜の間を縫って、タブーとされる領域に挑み、誤伝を覆し、裏面を暴き、読む者にカタルシスを与えてくれるからだった。

それもターゲットを斬るのに、斟酌《しんしゃく》するところが全くみられず、斬られて鮮血に染まり、深い手傷を負うのは、今を時めく権力者、人気者、権威をふりまく輩。そして〝第四の権力〟と化した新聞、マス・マガジン、テレビなどのメディア自身とくれば、面白さも倍増するはずだった。

内容の凄さに増して、タイトルから喧嘩腰だった。書かれる者の前で口走ろうものなら、ビートたけしならずとも、軍団を率いて殴り込みをかけたくなる挑発性にみちていた。曰く……。
○〝口舌の徒〟ビートたけしよ、奢るなかれ！
○角川春樹に見る神がかりの〝研究〟
○松本清張の〝裸の世界〟
○堤清二の西武ピサの犯罪的商法
○大江健三郎ノーベル文学賞の裏側を検証
○評論家の大御所堺屋太一の盗作疑惑
○知名度で利権を狙う文化人・舛添要一の堕落の境地
○イ・アイ・イ高橋治則の高級官僚〝買春接待〟の実態
○自称〝世界一の発明王〟ドクター中松の虚像を剥ぐ！
○オウム摘発にみる公安警察非合法捜査の悪辣な実態
アトランダムに、「噂の眞相」バックナンバーの背表紙や目次から拾ってみたタイトルが、ざっとこんな調子だった。

ここにみる過激度は、激辛メディアとして定評のある「週刊新潮」にして、手を拱《こまね》く取材テーマが少なくなかった。花田紀凱編集長時代の躍進いちじるしかった「週刊文春」にして、角川春樹サンには幾太刀かを浴びせて、神がかり的ワンマン凋落のきっかけをつくったものの、自社から個人全集を刊行している松本清張や、ノーベル文学賞作家は、モロモロの噂が渦巻いていても、「オフリミット」の領域だった。

また、スポンサー筋の大手、松下電器やトヨタ等、電通、博報堂の噛んだ企業のスキャンダルは、大手出版社の刊行物では、アンタッチャブルの感があった。

それを、岡留安則の「噂の眞相」は、これらマスコミに盤踞《ばんきょ》する〝自己規制〟のハードルを、軽々と越え縦横無尽に斬りまくっていたのである。

どうして、それが可能であるかは、あっけらかんとした岡留安則の次の発言に、明らかにされていた。

「何が一番自信があったかというと、大手出版社には絶対やれないことをやれるということだね。講談社は小学館を批判する雑誌はつくれないし、つくったとしたって広告主はたたけない。そういうタブーを大手は必ずかかえている。だけどウチみたいな小資本のミニコミだったら新聞社だろうが出版社だろうが、大手では絶対に扱えないテーマを扱える。スポンサーの圧力もない。ほかが扱えないタブーだけを集めて斬る雑誌なら十分やっていけるだろうと……」

岡留のこの言葉に加えて、彼には妻・子はなく、安逸をむさぼる家庭がなかったことも「噂の眞相」の発行を可能にしたといえる。江戸後世の経世家・林子平の〝六無斎〟のひそみにならえば、親と板木のある岡留安則は、さしづめ〝四無斎〟（笑）というべきだったろう。

その〝四無斎〟が「噂の眞相」を創刊したのは、昭和五十四年だった。

本格的スキャンダル雑誌

うしろ向きの女性のスカートが風にまくれ、尻の割れ目に食いこんだ黒いパンティがのぞける、意表を衝いた表紙のイラスト。その表紙の誌名の上に〝人はこれをスキャンダル雑誌という〟の物騒なサブタイトルを付けていた。

〝名は体をあらわす〟というが、誌名と表紙イラストに象徴された、のぞき見的な匂いは、創刊号の目次のタイトルにさらに強く、たちのぼっていた。

「出版社が危ない！　その噂と危機説／タレント帝国ナベプロの〝実力〟は、いま／グラマン事件疑惑の主人公・日商岩井副社長海部八郎のマスコミ人脈はこれだ！／銀行人質事件の梅川も知らなかった合法的銀行強奪のすすめ――総会屋とブラックしか知らないことなかれ保身主義、秘密主義のヴェールを剥ぐ！」

そのタイトルはきわめて挑発的で、固有名詞がしっかりと記され、具体性にみちていた。一読、他の媒体では尻込みするか、避けて通るタブーに、正面きって挑戦していく姿勢が、明確であった。

つづく二号目になると「『週刊新潮』を訴えた竹入公明委員長のぶざまな降伏とそれを記事にできない『週刊新潮』の〝武士の情〟」と、五十字にも及ぶ長いタイトルの記事が目を惹き、三号には「五木寛之真夜中の〝論楽会〟極秘潜入独占ルポ」「あの『週刊文春』の田中健五前編集長は、いま」といった、大手出版社の発行誌では、筆にできない話題が並んでいた。

「噂の眞相」創刊号

出版系週刊誌のさきがけ「週刊新潮」は、金銭欲、色欲、権力欲亡者たちを、袈裟斬りするハードなメディアとして、泣く子も黙る存在だった。その「週刊新潮」と、鶴のタブーは薄れたというものの、公明党委員長の私行を撫で斬りすることは、かなりのリアクションを覚悟しなければならなかった。

　まして、出版すればことごとくがベストセラーとなる超人気作家・五木寛之の身辺にふれることは、「週刊新潮」「週刊文春」「週刊現代」といった大手出版社の週刊誌では、不可能だった。松本清張も、五木に輪をかけた作家として知られていた。

　彼らは、人間に並々ならぬ興味を抱き、フィクションを交えて、その生態を克明に描く職業びとだった。それが、自分のことになると、出版社のトップにダイレクトに電話をいれ、取材に撃肘を加えることで知られていた。

「噂の眞相」は、マスコミ界にわだかまっていたそのタブーを、失うもののない強さで、あっけらかんと打ち破る姿勢を示したのである。

　ところが、この「噂の眞相」にして、ヒエラルキーの頂点にある天皇家や、無謬神話に閉ざされた宗教界のトップの仮面を剥ぐ記事は、見あたらなかった。

　ここは、右翼関係、狂信的な取り巻きの猛烈な反撥を招くことは必至の、タブー中のタブーの不可侵領域とされていた。

　数十年前〝大日本帝国〟を僭称した極東の一島嶼国が、世界の孤児となり、いまのオウム真理教そっくりの妄想国家として、破滅への道を暴走したのは、天皇を頂点とする権力者・軍部への批判の一切を封じ、それに刃向かうものを圧殺した結果だった。

ちなみに、当時の言論統制関係の法令な主なものを記すと天下の悪法「治安維持法」の大綱の内に、次のようなものが目白押しに並んでいたのである。（カッコの内は法令公布の年）

軍機保護法（明治三十二年）、新聞紙法（明治四十二年）、不穏文書臨時取締法（昭和十一年）、国家総動員法（昭和十三年）、軍用資源秘密保護法（昭和十四年）、新聞紙等掲載制限法（昭和十六年）、言論出版集会結社等臨時取締法（昭和十六年）、国防保安法（昭和十六年）、戦時刑事特別法（改正法・昭和十八年）……。

この蟻も入りこむ隙もないほどの言論統制に守られた妄想国家時代は、いまから見ると喜劇に近い空理空論の天下といえた。外交評論家・清沢洌は、将来日本現代史を書くための備亡録として、ひそかに『暗黒日記』を書きつづけたが、昭和十七年十二月十二日（土）に、次のように書いていた。

「右翼やゴロツキの世界だ。東京の都市は『赤尾敏』〔代議士〕という反共主義をかかげる無頼漢の演説ビラで一杯であり、新聞は国粋党主〔国粋同盟総裁〕という笹川良一〔代議士〕という男の大阪東京間の往来までゴジ活字でデカデカと書く。こうした人が時代を指導するのだ。ラジオの低調はもはや聞くにたえぬ。（中略）

大東亜戦争下の失敗は、極端なる議論の持ち主のみが中枢《ちゅうすう》を占有し、一般識者に責任感を分担せしめぬことであった」

清沢は翌十八年四月三十日の日記に、巷でひそかに流行しているザレ歌も、紹介していた。

「『星、碇《いかり》、顔、闇、列』の世界だ。
世の中は星にいかりに闇に顔。
馬鹿者のみが行列に立つ」

言論統制の実態

当時、新聞や雑誌が、権力者の意のままになったのは、言論統制による検閲、発禁によって出版物にストップをかけられ、紙の配給を止められたからだった。

文藝春秋の中興の祖・池島信平は、当時の状況を次のように述べていた。

「雑誌に対する外部的な圧力といえば、『検閲』である。だいたい事業所への圧力といえば、金融的な圧迫が一番いたいが、出版社というものは金融的に初めから問題にされていないから、これはたいしたことはない。それより統制時代に入って用紙の面で圧迫される方がコタえる。(中略)紙でイヤがらせをして、それから奥の手を出す。『雑誌をツブすには刃物はいらぬ』、検閲を強化して、発禁をつぎつぎにあびせかければ、経済的に参ってしまう。左翼雑誌をつぶしたのは、この方法であり、一般の雑誌を為政者の意のままにすることが出来るのも、この検閲というハサミであった」

新聞、雑誌は、生き残りを図るために、挙げて妄想国家のお先棒をかついでいた。太平洋戦争が勃発するや、日本編輯者協会は、次のような「決議」を申し合わせ、発行する誌面を割いて、掲載したのである。

参考までに、その格調（笑）の高い「決議」とやらを、紹介しておこう。

「畏くも聖戦の大詔渙発せられたり、洵に皇国の降替、東亜興廃の一大関頭なり、吾等日本編輯者は謹て聖旨を奉体し、聖戦の本義に徹し、誓って皇軍将兵の忠誠勇武に応え、鉄石の意志を以て言論国防体制の完璧を期す

右決意す

皇紀二千六百一年十二月十二日」

この時勢下で言論統制のすさまじさを示す典型的な事件が起こっていた。

横浜事件である。

細川嘉六・川田寿を中心とする言論知識人が、日本共産党再建の陰謀を企てていたという、神奈川県特高警察のデッチあげのシナリオにもとづいて、中央公論社・改造社・日本評論社・岩波書店の編集者などが逮捕された事件であった。

日本評論社の編集者で、自らも逮捕され拷問を受けた美作太郎は、「横浜事件」は「増大す

る戦況の不利と、国内情勢の不安とのために凶暴化した天皇制警察が、軍国主義的絶対権力を笠に着て、ジャーナリズムの抵抗線に襲いかかったという事実のなかに見るほかはないだろう」と述べる。

特高が美作に毒づいた言葉は、

「お客に呼んだんじゃねぇんだぞ、この野郎！　いい気なことをぬかしやがって、おい」

であり、椅子の脚をけっとばされて硬いリノリウムの床の上にひっくり返されたあげく、こうののしられたという。

「天皇陛下の名において、お前らは今ここでうち殺してもいいんだぞ！　戦争を何だと思ってんだ」

「横浜事件」で逮捕された者は約五十名に上ったが、拷問の結果、四名が獄死、二名が衰弱のため出獄直後に死亡した。

内閣情報局は、昭和十九年七月十日、中央公論社と改造社に対し「自発的」に廃業することを指示。両社は解散に追い込まれた。

大新聞、雑誌、ラジオは、こうした言論統制のなかで生き残りに必死となっていた。権力者側への協力姿勢の証しは「現人神・天皇陛下の治める日本は神国だから、神風が吹いて、究極には勝つ……」という不合理な絶叫だった。

「横浜事件」でっちあげのきっかけとなった一枚の写真。この写真をもって、特高は「共産党再建の会議」と決めつけた。（後列中央が細川嘉六）

敗戦後の 20 年 10 月 9 日「中公」「改造」の解体の実相を報道した朝日新聞の紙面

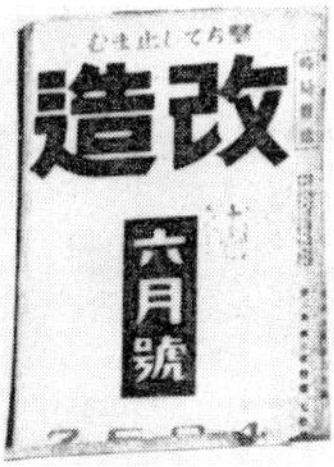

廃刊真近な頃の「中央公論」と「改造」

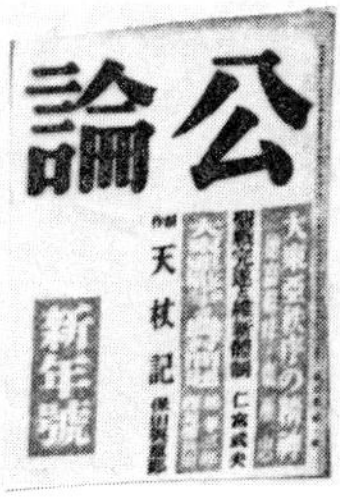

権力者に迎合して、総合雑誌として生き残った「公論」

そして、敗戦。玉音放送とやら、独特なイントネーションの声がラジオから聴こえてきた。野上弥生子は「これで五年間の大バクチはすっからかんの負けで終ったわけである」と立腹し、さらに二十年後「天皇の空虚な言葉、いつものことながら不快なおもひ。自己の責任についてはセキゲン、半句もない」と述べていた。

戦争に最も協力的だった天下の朝日新聞が「国民と共に立たん」を宣言したのは、敗戦の三ヵ月後だった。戦いすんで日が暮れた後だった。どんな言葉でも言うことができる〝宣言〟として、その一節を引き写させていただくと――。

「開戦より戦時中を通じ、幾多の制約があったとはいへ、真実の報道、厳正なる批判の重責を十分に果たし得ず、またこの制約打破に微力つひに敗戦にいたり、国民をして事態の進展に無知なるまゝ今日の窮境に陥らしめた罪を天下に謝せん……」

血も涙もない？　ヤサ男

戦後は、新しい憲法で言論の自由は認められ、噂であろうと、スキャンダルであろうと、権力者サイド、権威を笠に着る面々の批判、ヤユ、愚弄は――表向きは許されていた。

それ故、天皇制、天皇家をめぐる噂、眞相のたぐいをどう扱うかが、本格的スキャンダル雑誌を標榜する「噂の眞相」の編集姿勢を占う、テスト・ケースと考えられた。

期待の天皇ものの第一弾は、創刊から六カ月後の昭和五十四(一九七九)年九月号に登場した。天皇としての在位期間及び長寿で、架空の古代史は別にして——歴代最長記録を更新しつつあった昭和天皇のXデイを想定する動きは、マスコミ界にひそかにあった。大新聞、週刊誌では、その日の準備がすすめられ、臨時増刊号や特集が組まれていた。

が、何分、不慶事であるため、発表は伏せられていた。

「噂の眞相」は、マスコミ界のこの動きを充分計算した上で「天皇のXデイ——昭和が終る時」のタイトルで、とりあげ、さらに五十五年一月号で「天皇Xデイで焦点化する皇太子の〝人間研究〟」で追い討ちをかけ、六月号には天下を驚嘆させる(ちょっと大げさか)問題の「天皇Xデイに復刻が取沙汰される皇室ポルノの歴史的評価」(板坂剛)につないだのである。

天皇の不慶事とポルノを結びつけたタイトルだけでも、衝撃的だったが、さらに、この記事の中には、天皇と美智子妃の近親相姦シーンが、写真コラージュで、ヴィヴィッドに掲載されていた。もっとも、大手の印刷所がビビって、ご両人の顔の眼の部分を黒いスミで塗りつぶしたため、一抹の逃げはあったが。

民族派の諸団体による大々的な抗議行動が、印刷先の凸版印刷本社、取次、広告スポンサー筋に加えられはじめたのは、「皇室ポルノ」号が発売されて、しばらく経った頃だった。

岡留安則は、ゲリラ雑誌の編集兼発行人として、かねてより〝刺される〟ことは覚悟し、会社を受取人に大口の生命保険はかけていた。

が、民族派諸団体は、発行元や編集責任者を直に攻めず、世間体を気にする印刷、取次、広告スポンサーという搦手攻撃をしかけたのである。これは吹けば飛ぶような零細出版社と、ゲリラ雑誌の確信犯を攻めたところで、得るところは少ないと踏んだからだった。

彼らの戦術は成功して、「噂の眞相」の印刷は中止され、広告主も全部おりてしまったのである。唯一、攻撃に耐えたのは、取次だけだった。

〝言論の自由〟の確信犯を公言する岡留安則は、この危機に直面して、取引き中止を決定した凸版印刷に変わる印刷会社さがしに奔走する一方、雑誌を続行することが先決と、右翼筋に強い人物の紹介で、〝臣・岡留安則〟の名前で、「天皇陛下様、美智子妃殿下、日本国民殿」へ宛てて、「その罪は萬死に価する」云々と、時代錯誤もいいところの謝罪をする条件で、話し合いをつけたのだった。

このタイムスリップした大仰な詫び状は、岡留安則の柔軟なメンタリティを理解する手がかりにもなる一件だった。彼は硬直した一部の思想の持ち主のように、獄中何年などという闘争は避けて、謝罪すべきところはあっさりと謝罪し、雑誌をつづけるための次善策を選んだのである。

「原則として発表された記事に執着するより、次の号の記事に力を入れよう」

という考えがあったからだった。

民族派の諸団体はこの時、「活字で天皇批判することに口を挟むつもりはないが、写真になると肖像権もあるし、具体的でわかりやすいから止めろ！」と忠告したそうである。

右翼筋特有のロンリというべきか。

創刊から一年足らずで、赫々たるゲリラ戦の戦果を誇る「噂の眞相」編集兼発行人は、マスコミ界から、俄然として注目された。雑誌のイメージから、傍目には過激思想の持ち主で、風雪に耐えたコワモテ……と見られがちだった。が、皇室ポルノ事件当時の岡留は、まだ三十二歳の〝よかにせ〟（薩摩の方言で、いい若者）だった。

会ってみると、グラデーションのサングラスに視線を隠した、腰の低いヤサ男で、ごく自然に小声で「スミマセン」と詫びられてみると、こいつがあの「噂の眞相」のオーナーであるとは、信じられぬ体であった。事実、反社会集団のコワモテが、掲載記事の件で訪れた岡留の若さと、ヤサ男風情にぶっ魂消て「見かけによらぬいい度胸をしている。ガンバレや！」と、激励したという伝説もあった。

見かけによらぬ彼の反権力志向は、いつ、どこで、どのようにして養われたのか。

先達の足元に近づく

岡留安則は、徳川幕府を倒す中心となった薩摩の生まれだった。鹿児島は国をあげて他国と対峙する姿勢を守りつづけ、古い方言を近世まで残した頑固なお国柄として知られていた。高校は越境入学で宮崎県の都城に学び、野球部に入っていて、明るい野球少年だったと本人は言う。

法政大学社会学部に進み、全共闘の闘士に一変するが、社会学部を卒業した後、法学部に学士入学をして、二年間を肉体労働で稼ぎ、酒と読書で過しながら、後半の生き方を模索していた。

この模索の末に、活字関係の仕事を通じて、反権力・反権威スキャンダリズムで国家を撃とうという決意を固め、広告界の業界誌をふり出しに、二十代後半で独立して、プレ「噂の眞相」誌「マスコミ評論」を仲間と、創刊した。

「マスコミ評論」は、惻隠の情として同業は叩かない、書かないという暗黙の不文律を破って、マスコミ界を斬りまくり、一部で注目された。同誌の筆誅のターゲットとされた企業や人物は、突如登場した不逞の輩を、「血も涙もない困った男」のレッテルを貼り、敬遠した。その一方で、果敢にタブーに挑戦する反骨漢に、ひそかなシンパシーを抱き、情報源となる者が増えていった。

いわば、マスコミ界のアンビバレンス的雑誌と編集者に、岡留安則は位置づけられるところとなった。「マスコミ評論」（のちに「マスコミひょうろん」）は四年後発行人との対立で、彼が身を引き、「噂の眞相」創刊へと進む。

岡留は新雑誌の創刊に当って、前轍を踏む愚を避けるために、経営と編集の一体化を図った。資金は友人、執筆者間に一口十万円の株を募り、八十人の賛同を得てスタート。誌名は、流行作家の梶山季之が昭和四十六（一九七一）年八月、責任編集と銘うって創刊した文壇・マスコミゴシップ雑誌「噂」と、敗戦の翌春、人民社の佐和慶太郎らによって創刊されたバクロ雑誌「眞相」にあやかっていた。

編集オタク臭の強いゴシップ雑誌の「噂」と、現代史の闇の部分と、天皇制を撃つヒリヒリするようなバクロ雑誌の「眞相」と、両誌の編集方針と誌面のつくり方には、大きなへだたりがあった。が、二誌に通底しているものは、活字になりにくい話題を、論によらずインサイド・レポートで誌面を構成していたのである。

その上で、岡留はゲリラ雑誌を持続させるためのエネルギー源として、明治・大正・昭和三代にわたる反骨・反権力の大ジャーナリスト・宮武外骨にあやかることにした。

奇才・奇人の評価の高い外骨は、明治二十二（一八八九）年大日本帝国憲法が発布された時、自らの発行する「頓智協会雑誌」二十八号に、憲法をからかって、「頓智研法」の条文を発表。玉座の天皇を連想させる骸骨（外骨）が、「研法」を下賜する絵を添えたことで不敬罪に問われて、雑誌は発行禁止、発行人の宮武外骨は重禁錮三年、罰金百円の判決を受け、初入獄した。

外骨のすごさは、この一件に挫けることなく、「滑稽新聞」「赤」「スコブル」「面白半分」などの定期刊行物、『筆禍史』や『猥褻風俗史』等、八十九年の生涯に、百二十余に及ぶ新聞、雑誌、著書を世に問うたことだった。

どの雑誌、著書にも共通するのは、強烈な風刺精神であり、貴顕高官の偽善と、虚飾を痛罵している姿勢だった。

そのため、筆禍で入獄すること四十四回。罰金・発禁二十九回という、大反骨ぶりを示し、近代出版史に書き記される一人となった。

筆禍で発禁・入獄といえば、「眞相」の佐和慶太郎も、果敢な天皇制攻撃の結果、名誉毀損容疑で、戦後の逮捕第一号の栄誉?を担っていた。

彼は、「人間天皇の税金を調査する――ヒロヒト氏の市民生活」等、続々、天皇制とその周辺を暴くスキャンダル特集を掲載した。その圧巻は、悶留の「噂の眞相」の皇室ポルノ事件に通底するグラビア「天皇は箒《ほうき》である」だった。

昭和二十三（一九四八）年九月号に掲載されたもので、昭和天皇が帽子を振って行幸している写真の〝御竜顔〟（懐かしい言葉だ）の部分を、箒にスゲかえたのである。

当時、天皇は戦災で荒廃し、困窮のきわみにあった〝民草《たみくさ》〟を励まそうと、全国各地を行幸していたが、天皇が行幸される先は、事前に徹底して清掃されるので、チリひとつない街衢《がいく》に一変していた。

「眞相」誌は、それをヤユして、天皇を箒にたとえたのである。

このようなバクロ記事や写真は、大日本帝国の残滓をひきずっていた権力サイドを逆撫でせずにはおかなかった。佐和慶太郎は、昭和二十六（一九五一）年、天皇の落胤《らくいん》に関する誤りの記述などで逮捕され、懲役で服役したのを機に、「眞相」はひとまず休刊してしまった。

岡留安則もここに来て、師と仰ぐ先達の足もとへ、「やっと近づけたか」（苦笑）と自認する名誉棄損事件で、東京地検特捜部の異例な起訴をうけた。

平成五（一九九三）年六月号の「〝マルチプランナー〟が売りの西川りゅうじんの悪い評判の周辺」と、九四年一月号掲載の「社会派推進作家、和久峻三の信じ難き素顔を初めて暴く！」の二本を併合した起訴であった。

「あらゆる言論は、永遠に国家権力から自由であるべきだ」の確信と、「スキャンダリズムは、言論の最高表現形態である」との自負を持つ岡留は、元出版学会会長、清水英夫弁護士を団長とする強力な弁護団を組み「変な判例をのこしたのでは、またぞろ言論統制時代へのステップになりかねない」と、徹底した公判闘争宣言をし闘ったのである。

裁判の帰趨によっては、雑誌ジャーナリストにおける表現の自由を扼しかねないことになるが、その観点からして、岡留安則の「噂の眞相」は、権力側の恣意性や不当性を検知する〝カナリヤ〟(ン？　たとえが可憐すぎるか……ま、いっか)の役割を担うメディアの位置づけにあったと言えよう。

しかし、「噂の眞相」は、平成十七（二〇〇四）年四月号を限りに休刊してしまった。

岡留安則は沖縄へ移住している。

第三章

男の顔は〝履歴書〟

写真で読む政治家の面魂

測り難い政治家人生

信州出身の辛辣《しんらつ》な漫画家近藤日出造は、「政治家と芸能人は〝虚人〟である」と言っていた。虚と実の入り混じった計りがたい生き方から、人聞きの悪い虚人説を打ち出したものと推測するが、半生を出版界に過した私にも、日出造説に近い思いがある。

また、政界を〝一寸先は闇〟と宣《のたま》うのは、伊那谷に関係の深い老獪《ろうかい》な政治家川島正次郎だった。両親、出自の地を清内路に持つ川島は、東京日日新聞記者、東京市商工課長を経て、昭三（一九二八）年の普選第一回以来、戦前に六回、戦後八回衆議院に当選していた。

戦後、初めは岸信介派で、六〇年安保時には自民党の要《かなめ》・幹事長だった。後に二十人の小派閥を結成し、総裁（首相）選びなどで〝洞が峠〟をきめこみ、大勢の赴く先を的確に読んで、常に主流派を占めていた。

　毒舌評論家の大宅壮一は、川島の見事な寝業師ぶりを揶揄《やゆ》して〝江戸前フーシェ〟と名づけていた。フーシェとは、フランス革命に参加して、反革命派を鎮圧。ナポレオンの天下・王政復活時代に警察大臣として権力をふるった狡猾な政治家だった。『ジョセフ・フーシェ—ある政治家の肖像』の著者シュテファン・ツワイクは、この男を「生まれながらの裏切り者、いやしむべき陰謀家、のらりくらりした爬虫類《はちゅうるい》的人物、営利的変節漢、下劣な岡引根性、浅ましい背徳漢等々—」と、侮蔑的罵詈の数々を、『フランス大革命史』の著書の中から引用していた。

　一方、バルザックは、大作『人間喜劇』の中で『ナポレオンが有した唯一の名大臣』と賞賛していた。

　フーシェは、ライオンの頭、羊の体、蛇の尾をもつ怪物〝キメラ〟の相貌を持った政治家ともいうべきだが、

社会評論家・造語の名人　大宅壮一と塩澤

私の見るところ政治的な人間には、フーシェに通じる一筋縄ではいかないキメラ的姿が必要のようである。

ふたむかし、みむかし前、週刊誌編集長だったころ、政界と多少のかかわりを持ち、有名、無名の数々の政治家に会っていた。篋底《きょうてい》を探すと、それらが人物とのショットが少なくなく、また、二、三十年後に政権を担ったり、フーシェ流の権謀術数を操る政治家となる人物と交流しているが、よもやこの人物が一国の総理の印綬を帯びると、想像すらできないケースもあった。そのいわれを、三十数年前に撮った写真から解説してみよう。

まず、三人の自民党議員と共に、左端でバカ面もあらわに、阿々大笑をしている男が私である。その右隣でやはり大笑いしているのが、この二十数年間政界を撹拌《かくはん》し、海部政権の自民党幹事長だったり、自民党を一時窮地に追いつめる剛腕ぶりを発揮した小沢一郎。

その右隣が、青年の面影をのこした小泉純一郎。その右隣に顔を出しているのが、政治献金一億円をウヤムヤにした村岡兼造である。

彼らは、私より若く、当時は政務次官にも達していなかった。政治家を志した以上、誰の胸中にも末は大臣、宰相の夢を持っていて当然だった。私が見て、この三人の統率力、指導力、行動力から、一番の期待を持ったのが小沢一郎だった。世襲三代目の地盤、カバン、看板を生かして、伴食大臣ぐらいにありつけるだろうと見たのは小泉純一郎。党の役員、委員長どまり

左から　塩澤、小沢一郎、小泉純一郎、村岡兼造

が村岡兼造の予想だった。

巨大な虚の世界に生きる彼らだったから、風体だの学歴、知性が未来を保障しないことを計算した上での予想であった。

金権政治のツケ

この予想をくつがえして、小泉純一郎が田中角栄の娘、田中真紀子と組み、自民党総裁に当選。小泉政権を樹立したのは平成十三（二〇〇一）年四月二十六日である。

私には驚きだった。変人《へんじん》の言動を欲しいままにする小泉が、総理の印綬を帯びるなど、想像に遠かったからだ。

この驚きは政治音痴の私ばかりではなかったろう。彼が総理になるほぼ十年前に、朝日新聞社編で『現代日本・朝日人物事典』を刊行したことがある。

私も出版関係の人物を執筆しているが、執筆の注文は、大物が二十五字×五十行。中堅三十、小物が十行前後の収まるよう指定を受けていた。

手許のある事典を見ると、当選七回で竹下、宇野両内閣で厚生大臣を務めた小泉純一郎は十二行。当選八回、海部政権下四十七歳で自民党幹事長になった小沢一郎が十二行と同分量だった。

それを読むと小泉は、

「一九六七（昭和四十二）年慶大卒。ロンドン留学中の六九年、父純也（防衛庁長官）の死去で帰国、福田赳夫の秘書を経て七二年総選挙で神奈川二区から初当選（自民党）。浜口内閣の逓信相小泉又次郎を祖父とする「党人政治家三世」。八三年の選挙公約では「田中角栄による党内支配体制の打破」を宣言した。（中略）八八〜八九年竹下、宇野両内閣の厚相として年金支給年齢繰り延べに関する法改正を推進した。（中略）当選七回」。

一方、小沢一郎は次の通りだった。

「慶大経済学部卒。一九六九（昭和四十四）年日大大学院在学中に父佐重喜が死去したため、地盤を継いで二十七歳で衆院議員に初当選（岩手二区）。第二次中曽根内閣に自治相・国家公安委員長として入閣。もともと田中角栄の直系だが、竹下登とも親類で、八十七年田中派から竹下派が分離・独立した際、「竹下擁立」の先頭に立った。（中略）八十九（平成一）年海部政

田中角栄と塩澤

権になって自民党幹事長に起用され、九〇年の総選挙では資金面など選挙全般を指揮して自民党の過半数維持に貢献した。当選八回」

村岡兼造はなし。自民党を復活させ二度目の政権を担当している安倍晋三、一度政権を握った福田康夫、麻生太郎も、二十数年前には一行も触れられていなかった。民主党政権の二代目を継いだ当選四回の管直人は十二行と、小泉、小沢並みの扱いを受けていた。

ちなみに『朝日人物事典』のスペースで吉田茂は五十三行、佐藤栄作四十八行、田中角栄五十八行、三木武夫三十五行、川島正次郎十七行と、正規の学歴は小学校止まりで、五十四歳にして総理に駆け上った田中角栄の紹介は、他を圧倒している感があった。

ところが、昭和二十二（一九四七）年、現行憲法下初の総選挙で、二十八歳にして初当選し、以降、連続当選をつづけた田中角栄が、総理大臣の椅子に座ることを予想した者は、当初、政、財界、文化、マスコミ界を通して、誰もいなかった。

ワンマン宰相吉田茂は、金あつめに狂奔する梟雄《きょうゆう》の危なげな政界活動を見ていて、

「あの代議士は、刑務所の塀の上を渡り歩くようなことばかりしているが、よく塀の中へ落ちないものだ」

と、感嘆しきりだったとか。

後年、総理の立場でロッキード社から五億円のワイロを受けとった、その嫌疑で逮捕されたのだから、ワンマンの危惧は当たったことになる。

田中内閣が金権金脈問題の総辞職後、〝椎名裁定〟で、晴天の霹靂《へきれき》に政権の座へついたのが三木武夫だった。バルカン政治家の看板をかかげて、政界多数派に対して、したたかな政治的姿勢で、在任中に政治資金規正法、独占禁止法の改定など、多くの足跡を残している。

クリーン度の高い三木武夫の政治家ぶりに、女優の高峰秀子など、熱烈な三木ファンがいて、週刊誌編集長時代に、三木武夫・高峰秀子対談をこころみたことがあった。

三木夫人の実弟・森美秀代議士と私がきわめて親しかったことから、実現した異色対談であった。対談で日本を代表する大女優は、金権政治に痛烈な批判の矢を放ったが、三木はロッキー

右から高峰秀子、三木武夫、塩澤

ド事件に前向きに取り組む姿勢を、明言していた。

　しかし、この対談の後、ロッキード事件の真実究明のために、フォード米大統領へ資料提供を要請したことから、党内の「三木おろし」に遭い、総辞職を余儀される運命にあった。

　半世紀に及んだ自民党政権に照らして、鳩山政権が政治と金の問題で、無惨な崩壊をしたのは、当然の帰結だったし、自民党に変って政権を握った民主党が次の選挙でこれまた惨敗するのも〝虚〟のせしめるところだったかもしれない。

　政界は計り難い世界であることを、あらためて知った。

大女優高峰秀子の処世観

秀子自身の「死亡記事」

昭和を代表した大女優・高峰秀子が、平成二十二（二〇一〇）年十二月二十八日、八十六歳でひっそりと逝った。自らの想定した死亡と、ほぼ同じ経過を辿った。

死に先だった十年前の平成十二年、文藝春秋が企画したブラック・ユーモア的出版『私の死亡記事』の求めに応じ寄稿した、次のような一文だった。

女優・高峰秀子さんが三カ月ほど前に死去していたことが判明した。生前、「葬式は無用、戒名も不要。人知れずひっそりと逝きたい」

と言っていた。その想いを見事に実践したようだ。（中略）
昭和五十四年にスクリーンを退いたが、その死に至るまで多くのファンの親切と厚意に支えられ、高峰節といわれた達意の文章で随筆集を重ねてファンに応えた。『死んでたまるか』という文章も書いたが、相手が天寿では以って瞑すべし、しあわせな晩年であった。

晩年は幸福だったが、この大女優の生涯を調べると、三十歳で結婚するまでの道のりは過酷だった。四歳で生母を喪い、叔母の養女になったことから、岨道《そばみち》を歩くめぐり合わせになった。昭和四年、撮影所見学に行ってスカウトされ、天才子役の高い人気を得たが、養い親がステージ・ママの走りだったため、小学校にさえ通わせてもらえず、仕事に追いたてられた。

幼い彼女の稼ぎは、実の父、数人の兄弟、養い親ら十人以上の親族に毟《むし》り取られ、松山善三と結婚するまで、莫大なギャラは、秀子のフトコロに入らなかった。

彼女は『わたしの渡世日記』に、その現況をありのままに綴っている。

「私は、物心もつかぬ五歳のころから今日まで、いわゆる世間並みの生活をした経験がなかった。（中略）名子役とかスターという虚名を追いかけて、ただ息せき切って走って来ただけである。親兄弟の愛情はすべて金を媒体として取引され、財布はスッカラカン…」

財布は空っぽでも、バスや電車に乗ったことはなかった。スターという虚名の手前、乗ることを許されなかったのだ。

こんな偏頗《へんぱ》な半生の秀子が、人生の師として最高に尊敬し、頼りにしたのは、第一回直木賞受賞作家の川口松太郎だった。好エッセイ『人情話　松太郎』をひもとくと、次の通りに書かれている。

私は、五歳にもならぬ子供のころから映画界の人込みの中で育ったから、人を見る目だけは相当なすれっからしである。自分の目でシカと見た人の他は信用しない。女優という職業柄、いわゆるお偉いさんや有名人にはずいぶん会ったけれど、川口先生のように自分に正直で気っ風がよく、そのくせホロホロと涙もろいという、まるで「江戸っ子」を絵に描いたようなお方は、あとにもさきにもただ一人である。

川口松太郎の温情

高峰秀子は、昭和三十年の春、当時松竹の名監督木下恵介の演出助手だった松山善三と結婚する。

女にとって「結婚」は一大事業である。いささかのぼせ気味になっている自分一人の判断ではこころもとない。といって相談するにも秀子の周りには、あまり頼り甲斐のない養母が一人いるだけである。そのときも彼女は、この結婚は、なにがなんでも川口松太郎に松山を見てもらった上で決めよう、と思った。川口の「人を見る目」を、それほど信じていた、ということだった。

高峰秀子、松山善三の結婚式

秀子が未来の夫候補を川口松太郎に見せたところ

「おまえ、あの男はまるでおまえの亭主になるために生まれてきたみたいな奴じゃねぇか」

とべらんめぇ口調で言われ、彼女は即座に結婚の決意をかためたのだった。

が、高峰秀子の〝秀子〟たる所以《ゆえん》は、その後にあった。

私は間髪を入れずに川口先生に仲人をお願いし、ついでに借金の申込みをした。川口先生もまた、私のあまりの図々しさに度肝をぬかれたせいか、お金を貸してくださり、ついてムコさんのモーニングまで作ってくださった。

ちなみに、高峰秀子の当時のギャラは、映画一本で百万円だった。それに較べ松山善三の月給は、一万二千五百円の薄給。

信じ難いことだが、大女優の全財産はその時財布の中に六万五千円ぽっきりだったという。人並みに式を挙げ、披露宴をしたら、どう内輪に見積っても六万五千円ではおぼつかない。そこで、仲人の川口松太郎へ借金を申し込む次第となった。

川口から、秀子は二十万円借り、松山が松竹映画から二十万円借金して、四十六万円で結婚費用の一切合財をまかなうことにしたのだった。

松太郎の恩師　菊池寛

私の筺底《きょうてい》には、高峰秀子の挙式の写真と、秀子も入会していた絵画のチャーチル会のメンバー、石川達三、宮田重雄、藤山愛一郎らと撮った貴重なスナップ。私が司会をつとめた三木武夫総理と秀子の対談の写真などが秘蔵されている。

秀子が述べている「女優という職業柄、いわゆるお偉いさんや有名人にはずいぶん会った…」のタグイの写真の数々である。

これらの写真と共に、川口松太郎が師と仰いだ菊池寛を追憶した死去一年前のセピア色の新聞の切り抜きも発見された。

拙著『雑誌記者　池島信平』（文藝春秋刊）から、かなりの抜粋引用をしていたことから保存していたものと思われる。それを読むと、菊池寛が秀子の結婚する年代まで健在だったら、仲人役は文壇の大御所と畏敬された菊池になる可能性があるやの想いになった。

その根拠は、川口の師の追憶に秘められている。眼光紙背に徹した人生の達人・川口松太郎の心を動かした拙著の部分は、読売新聞昭和六十年一月十一日付の文芸欄によると、次の箇所である。

菊池寛

「熱情で接する——文学の上ではみ出した人格」

「縁のあった女性には別れたあとでも情をつくして面倒を見ていた。三代目の社長池島信平の伝記を書いた塩沢実信君もその中で、佐藤碧子の事をこう書いている。

碧子の良人石井英之助が急性盲腸で入院した時、師は病院を見舞っている。

「碧子が化粧気のない普段着のままで、下りて行くと、外来受付のベンチに、まるまちい背に、大きな頭をのっけた男性が、せわしなく煙草をふかして座っていた。一目で菊池寛と判った。碧子は、唖になったように無言で頭を下げた。菊地も無言だった。が眼鏡の奥の小さな眼にはなつかしさと、いたわりの情がいっぱいあふれていた。『英ちゃんどう』菊池はあの聞きなれたカン高い声で石井の容態を尋ねた。（中略）右手をポケットにつっこんで何枚かの紙札を無造作につかみ出した。そして碧子の割烹着のポケットにつっ込んだ」（以下省略）

読みながら涙が出た。いつに変わらない師の愛情だ。苦労している人を見ると黙っていられないひとだった。

川口松太郎は、この欄の後半でさらに次の通りに書いている。

芥川龍之介の死んだ時、その枕元で泣いた師の姿も忘れ難く、直木三十五の死んだ時には、東大の病院で声をあげて号泣された。

芥川賞も直木賞もあの涙の中から生まれたような気がする。

その偉大なる師も、昭和二十三年の三月、たった六十一歳で世を去られてしまった。その最後について、塩沢氏《ママ》の『雑誌記者池島信平』（文藝春秋刊）からもう一度抜粋させて頂く。

「菊池は、その日の数日前から胃腸を悪くして寝込んでいたが、治って内々で全快祝をしている最中であった。当夜虫の知らせがあったのか、信平は招かれなかったのに、見舞いがてら訪ねて行った。玄関を開けると菊池は只一人、広間でダンスのステップをふんでいた。信平の来訪に気づくと相好を崩して『キミ来たの、みんな茶の間で飲んでいるから飲んで行けよ』と言って口で調子をとりながらターンを繰り返していた。快くなったのが嬉しくてたまらないといった表情だった。信平は菊池のその姿を清々とした気持ちで茶の間へ行き、当時では佳肴といえる出張寿司の接待にあずかっていた。と、二階で、夫人が長男英樹を呼ぶ声が聞こえ、ただならぬ気配が伝わって来た。急いで菊池の寝室へ駆けつけて見ると、菊池は寝台の横にうずくまり、両腕を夫人の肩にかけてコト切れていた。心臓発作が起きて十分くらいの間のできごとであった」

実に呆気なく巨木の倒れるような最期だった。その時からかぞえて三十数年、私は師より二十五歳も年上になってしまったが、先生が私より年下であるとはどうしても思えない。師は永久に年長であり、失敗があれば今でもきびしくしかられるような気がする。

川口松太郎の師・菊池寛への敬愛の念は、この簡潔な文でも充分、汲みとれるだろう。菊池の晩年は、ＧＨＱのパージで創業した文藝春秋を離れ、大映社長として映画界に隠然たる存在で、川口松太郎は大映の役員だった。

その立場から推測して、高峰秀子が結婚した昭和三十年春―菊池寛の年齢で六十八歳まで健在だったら、媒酌人は…の思いがある。

(5)　☆2版☆　　昭和60年(1985年)1月11日(金曜日)

熱情で接する
文学の上へはみ出した人格

菊池寛
④
川口　松太郎

縁のあった女性には別れたあとでも心をつくして面倒を見ていた。三代目の社長池島信平の伝記を書いた塩沢実信氏もその中で、佐藤碧子の事をこう書いている。

碧子の良人石井英之助が急性盲腸で入院した時、師は病院を見舞っている。

「碧子が化粧気のない普段着のままで、下りて行くと、外来受付のベンチに、まるまっちい胴に、大きな頭をのっけた男性が、せわしなく煙草をふかして座っていた。一目で菊池寛と判った碧子は、啞になったように無言で深々と頭を下げた。菊池も無言だった。が眼鏡の奥の小さな眼にはなつかしさといたわりの情がいっぱいあふれていた。『英ちゃんどう』菊池はあの聞きなれたカン高い声で石井の容態を尋ねた。(中略)右手をポケットにつっ込んで何枚かの紙札を無雑作につかみ出した。そして碧子の割烹着のポケットにつっ込んで」(以下略)

読みながら涙が出た。いつに変わらない師の愛情だ。苦労している人を見ると黙ってはいられない人だった。恋愛はしても女性を不幸にはしないというのが師の信条の一つであった。女性ばかりではない。織田作之助が発病して病院で寝ているのを見舞ってやって織田作がおいおい泣いた話も、伝説のように残っている。戦時中、出征する社員のあるたびに「死ぬなよ」とそっとささやいてハンカチで目をふいていた。今は亡い毎日新聞の阿部真之助が「人間菊池寛」の中でこう一文を残している。

文春の一社員が仕事に失敗して休職処分になった時のこと。

「私はその休職者の引取方を申し出た事があったが彼はこれを辞退して、もっとあの人達に、世の中の苦労をさせ世の中を見せてやりたいと親の慈悲を以て私の申出でを謝絶するのであった。この時彼の体から後光が射したように思ったのは錯覚で、実は私の瞼が光ったのである」

こう書いていらっしゃる。師がいかに情の深い人であったか、例をあげればキリがない。

私は師の身辺にまつわりついた一書生で、菊池寛の文学や業績を論ずる資格はないが、小林秀雄は「人格が文学からはみ出している人物」といっている。

私たちは文学に最高至上の価値を求めたいが、菊池師は文学の上へはみ出した人格だという。人間か文学か、むずかしい問題だが、菊池師の外には文学の上へはみ出した人物はいないだろう。

知人に色紙を求められると「読書閑而浄上」という文字を好んで書いた。読書の好きなことも師の右に出る人はないと思うほどよく読んで、記憶力のたしかな点でも驚くばかりだ。旅先で睡眠薬をのみすぎて人事不省に陥ちた時、ウワゴトに口走ったのは源平盛衰記の一節だったという逸話も有名だ。ウワゴトに源平盛衰記を読める作家なぞ他にない。明治書生をうたった歌に

「友を選ばば書を読みて六分の侠気四分の熱」

という文句がある。これは実に師にぴったりで、よく書を読みよく人を愛し熱情をもって友人に接した。芥川龍之介の死んだ時、その枕元(まくらもと)で泣いていた師の姿も忘れ難く、直木三十五の死んだ時には、東大の病室で声をあげて号泣された。芥川賞も直木賞も、あの涙の中から生まれたような気がする。

その偉大なる師も、昭和二十三年の三月、たった六十一歳で世を去られてしまった。その最後については、塩沢氏の『雑誌記者池島信平』(文藝春秋刊)からもう一度抜粋させて頂く。

「菊池は、その日の数日前から胃腸を悪くして寝込んでいたが、治って内々で全快祝をしている最中であった。当夜虫の知らせがあったのか、信平は招かれなかったのに、見舞がてら訪ねて行った。玄関を開けると菊池は只一人、広間でダンスのステップをふんでいた。信平の来訪に気づくと相好を崩して

『キミ来たの、みんな茶の間で飲んでいるから飲んで行けよ』

と言って口で調子をとりながらターンを繰り返していた。快くなったのが嬉しくてたまらないといった表情だった。信平は菊池のその姿を見て、なんとも晴々した気持で茶の間へ行き、当時では佳肴といえる出張料理の接待にあずかっていた。と、二階で、夫人が長男英樹を呼ぶ声が聞え、ただならぬ気配が伝わって来た。急いで菊池の寝室へ駆けつけて見ると、菊池は寝台の横にうずくまり、両腕を夫人の肩にかけてコト切れていた。心臓発作が起きて十分くらいの間のできごとであった」

昭和15年頃、小林秀雄(右)と

実に呆気(あっけ)なく巨木の倒れるような最後だった。その時から数えて三十数年、私は師より二十五歳も年上になってしまったが、先生が私より年下であるとはどうしても思えない。師は永久に年長であり、先生であり、失敗があれば今でもきびしくしかられそうな気がする。

(作家)

◇次回は「尾崎紅葉」。筆者は作家の杉本苑子氏で、来週掲載します。

川口松太郎最晩年の、切々たる師・菊池寛への追憶記
(読売新聞　昭和60年1月11日掲載)

最後の映画スター　高倉健

大宅壮一の名言

「男の顔は　履歴書である」

とは、往年〝毒舌〟をほしいままにした、社会評論家大宅壮一の箴言である。

鎌倉の二階堂瑞泉寺、山門をくぐった左の鐘楼の下に大宅自筆の文学碑が建っている。私はつい最近、その碑に接し、忸怩《じくじ》たる思いに陥った。

翻《ひるがえ》って自らの面《つら》を見たとき、碌で無しな暮らしで生きて来た履歴が、正視に耐えない態に炙りだされていたからだ。

たまたま、そのころＮＨＫのテレビドキュメントで、最後の映画俳優・高倉健を特集した二時間番組を見て、当時八十一歳の彼の面影が大宅壮一の金言に、見事にはまっていることを知り、ほぼ同世代の己に照らして少なからざる衝撃を受けた。

大宅壮一揮毫「男の顔は履歴書である」文学碑

高倉健には、四十年ほど前、京都の東映撮影所で会っていた。担当していた週刊誌に藤原審爾の任侠小説『総長への道』を連載していて、その小説が『日本やくざ伝　総長への道』のタイトルで映画化された折に、原作者と表敬訪問していたのである。

「義理と人情を秤にかけりゃ義理が重たい…」云々と歌われていた『昭和残侠伝』シリーズの後期のころの昭和四十六年初春だった。当時四十歳の健さんは時代の寵児の感があった。

黙って立っているだけで、絵になる雰囲気が長躯の身辺にただよい、任侠シリーズで鍛えあげられた眼光と気力が、四囲を圧倒しているようだった。

その折に撮った野暮面の私とのスナップを見ていただければ、歴然である。

しかし、この時、私が感じたのは、健さんがこのまま、長躯を利して、長ドスをブン回し、全身刺青《いれずみ》の肉体を誇って豪快な殺陣をつづけていたら、その顔は好むと好まざると反社会集団の親分の顔―履歴書になる―の恐れだった。

事実、高倉健の映画歴を見ると、昭和三十一（一九五六）年『電光空手打ち』でデビューしてから、三十九（六四）年から四十六（七一）年『日本侠客伝』、四十（六五）年から四十七（七二）年『網走番外地』『昭和残侠伝』の各シリーズと、間断なく任侠シリーズ、ギャング・シリーズに主演し、そのいずれもが爆発的にヒットして、東映の看板を一人で背負っている感があった。

娯楽映画は、観客が大入満員となって、「儲けてなんぼ」の世界だった。日本映画がピークに達したのは、健さんが銀幕にデビューした二年後の昭和三十三（五八）年、十一億人が映画館に足を運んでいだ。日本人の一人が年に十本の映画を見ていた計算になる。

ところが、昭和五十二（七七）年になると入場者は一億六〇〇〇万人と、絶頂期の七〇パーセント減となっていた。

当然、映画スターの取り巻く状況は激変した。ヤクザ映画で斬ったはったの立ち回りという体の動きを見せていた健さんが、この世界に生き残るためには、静かな心の動きを見せる演技派に転向せざるをえなくなったのである。

男性が見惚れる顔

映画をとりまく世界のこの兆候を予感したのか、高倉健は昭和五十（七五）年『神戸国際ギャング』を最後に、東映を退社してフリーになりアウトローのイメージからの脱却を図った。

新たな地平を求めて、各映画会社の大作に出演する方針をとるが、その主だったものを列記すると、次のようになる。

『八甲田山』『幸福の黄色いハンカチ』『冬の華』『動乱』『遥かな山の呼び声』『駅』『海峡』『居酒屋兆治』『あ・うん』『鉄道員《ぽっぽや》』『ホタル』。

高倉健と塩澤。『総長への道』（東映）撮影時

中国映画『単騎　千里を走る』そして、『あなたへ』と昭和三十一（五六）年にデビュー以来、二〇五本の作品に出演しているのである。

『幸福の黄色いハンカチ』では、

ブルーリボン賞、日本アカデミー賞の各主演男優賞を受賞し、『鉄道員《ぽっぽや》』で、モントリオール世界映画祭最優秀主演男優賞を、抑制された演技で受賞していた。

映画人生前半のアクションを知る人には、高倉健の後半の足どりは、信じ難い姿にみえたのである。また、前半の健さんの顔―履歴書と、現在の無駄なものは削ぎ落とした、彫りの深い相貌に、大宅壮一の金言が実感されるに違いない。

私も、この映画俳優を十八年間追い続けて成った野地秩嘉著の貴重なインタビュー集『高倉健インタヴューズ』(プレジデント刊)の口絵写真を見て、言葉を呑んで見惚れた。

どのような生き方をしたら、このような男の顔になれるのか⁉

生まれもっての容貌に加えて、後天的なたゆまない修練がないことには、到達しえない顔だろう。

天資の容貌も研《みが》かなかったら見るも無残である。その一例をあげれば、戦前から戦後にかけて日本映画を代表する二枚目俳優がいた。高峰秀子が、「硬質の鉛筆の芯を尖《とが》らせたような…」と比喩《ひゆ》した美男子だった。

その天下の二枚目に、私はNHKテレビの『クイズ面白ゼミナール』にゲスト出演の折に、身近に会ったが、七十代の彼は頭髪の薄さをカツラで補い、往年の美しい顔だちを必死で守ろうとしていた。しかし、演技力は乏しく、先達に学んでいない哀しさで、その容貌には輝きがなかった。内から滲み出てくるものがなかったのである。

この往年の二枚目に比べて、健さんの顔は圧倒的に輝いていた。NHKテレビドキュメントと、『高倉健インタヴューズ』で知ったものだが、「寡黙・不器用・私生活を見せない」の伝説で隈取られた彼は、一人でいる時は外国映画を見て、名優の演技に学び、旅をし、体を鍛えていたのである。

健さんは、知らない人には会わない。初対面の人に会うのは一年を通じて三、四人程度。まして、プライベートについて語ることはないし、覗かせなかった。その裏で自分の体調、肌、髪の毛に至るまで、日々準備を怠らない人物で、「たとえば調髪である」と野地秩嘉が例にあげた一事をとっても、健さんが根っからの映画俳優であることを、物語っていた。

『高倉健インタヴューズ』（プレジデント刊）の口絵写真

野地は次の通りに述べていた。

「高倉健は毎日のように品川にあるホテルの理髪店『バーバーショップ佐藤』に通っている。その店には彼のための個室があり、髪の毛を切ることもあれば、ヒゲを剃るだけの日もある。爪の手入れもする。理髪店の主人、佐藤英明は斯界では知らぬ人のいない名人で、その名人が精魂をこめて調髪する。佐藤はアフリカ・ロケの際、ダカールまで髪の毛を切りに出かけている。

なぜ、そこまで彼が髪の毛、衣粧に神経を使うかといえば、それは主役はアップのシーンがあるからだ」

日本映画では、銀幕いっぱいに長い時間、顔が映ることがスターの証明——。だからこそ健さんは、自分の顔や髪の毛の手入れ、身だしなみをきちんとしていたのである。

女の顔は請求書?

さて、人には見せられない〝履歴書〟の持ち主が、柄にもないことを書いてきて、どこで治まりをつけようかと思案している時、直木賞作家藤本義一の訃報が飛びこんできた。テレビの深夜番組『11PM』の軽妙洒脱の司会で知られ、巧みな大阪方言で深夜のお色気番組をとりしきった才人であった。

その藤本義一が、大宅壮一の「男の顔は履歴書である」と名言を宣ったことを知り、返した〝迷言〟が

「女の顔は　請求書である」

というパロディだった。

聞きようによっては、ハラスメントにとられかねない言葉だが、これはあくまでもパロディであって、真摯に言ったことではないだろう。

その証左に、上方落語協会会長の六代桂文枝が、二〇一二年の七月、三枝から文枝に襲名前、悩んでいた時、藤本は

「男は振り向くな　すべては今！」

と、励ましの言葉を贈っている。

作家と司会業の二つの顔を使い分けた才士だけに、真面目に「女の顔は…」を定義させたら、どのように答えていたか。

昨今、出勤する電車の中で、化粧に余念のない若い女性。美容整形で目鼻だちを整えたり、歯並びを矯正する「詐称」の時代だけに、少なくとも「女の顔は　履歴書」とは言わないで、「経歴書」程度にとどめていたやもしれない。

ところで、親からいただいた顔に多少の難はあっても、ひとすじに生きた女性。テーマを持ち、学び、活動してきた女性には、年を経て見事な魅力が滲み出ている。

また、母親の顔には美醜を超えたすばらしいチャームさがあるものだ。

太平洋戦争下、戦場で傷つき、病み、飢え、銃弾に倒れた将兵たちは、いまわのきわに「お母さん！」と叫んだのが過半であった。この事実を加味して、「女の顔は　世救書」と称えるべきかもしれない。

高倉健は、平成二十六年十一月十日、八十三歳で死去したが〝最後の映画スター〟の追悼特集はマスコミに氾濫した。

テレビ・ラジオの特集番組、大手新聞の一面と、文化・社会面を埋めた大特集、週刊誌の数十頁にわたる完全保存追悼大特集、臨時増刊号と、近年にない賑いぶりであった。

高倉健と結ばれ、心ならずも離婚して、四十五歳の若さで死去した江利チエミには、仕事柄、何回も会っていたが、寡黙な健さんが陽気で明るい歌手になぜ魅かれ、結婚したかの謎は、ついにわからないままだった。

高倉健ほどの美丈夫だったら、江利チエミに勝る女性はいくらでもいるやに思われた。彼の身辺には、いくつもの謎がとり巻いていたが、健さんは自らについては、寡黙ならぬ完黙をつらぬいて逝ってしまった。

それだけに、健さんへの謎解き特集は、これからも続くだろう。

白鵬・双葉山の心・技・体

木鶏足りえず

不世出の大横綱双葉山が樹立した空前の連勝記録六十九に、六十三勝と迫っていた白鵬の連勝が、二日目に途切れたのは、平成二十二年の九州場所であった。

稀勢の里の寄り切りに敗れたのである。

三十勝、五十勝と連勝記録を積み重ねていくことが、いかに至難の技であるかは、双葉山が新鋭・安藝ノ海に敗れたとき、心の師と仰いだ陽明学者の安岡正篤に打った「ワレ　イマダモッケイタリエズ」の電文で知られている。

電文の意味は、紀悄子という闘鶏の名人が育てた闘鶏が、どんな鶏が挑みかかっても、まるで木に彫った鶏みたいに動じなくなったという故事を、安岡正篤に訓えられ、心の糧にしていたからだった。

私は当時、小学校三年生だったが、この一戦を信州は飯田在の自宅で、音量むらの多いラジオ中継で聴いていた。

呼び出しの館内をふるわす美声が嫋々《じょうじょう》と聞こえ、立行司の気迫のこもった声が、両力士の四股名を呼びあげると、大鉄傘の国技館内にはドカンとした歓声がわきあがり、ラジオ中継のNHKアナウンサーの声は一瞬、かき消されてしまった。

放送席に居た山本照の回想を辿ると、次の通りになる。

「安藝ノ海は三役へも入っていない。場所前に盲腸をきって、まだほうたいを巻いている。彼が勝てると思った人は誰もいなかった。組んでいきなり右四つになった。次の一瞬、ポカッと投げ飛ばされると思ったのが、ワーッと言って、下になったと思っていた安藝ノ海が上で、双葉山が尻もちをついているものだから、さあ、わからなくなった」

世紀の番狂わせにどの桟敷《さじき》でも観衆は一斉に総立ちになった。座布団や火鉢、ビール壜が虚空に乱れ飛んで、大鉄傘は混乱の極みに達した。

その大歓声の中で、アナウンサーは夢中で、

「アキ、カッタ！　安藝　勝った！」

と絶叫していたが、ラジオ中継を聴いていた私の耳には「アキ　ヤッタ！　アキ！　ヤッタ！」と聞こえたものだった。

「一〇〇勝も夢ではない」の不敗伝説があった双葉山が、新鋭とは言え前頭風情に敗れたとあっては、〝驚天動地〟の番狂わせに思われたとしても無理はない。

当時、日本は暴支膺懲《ぼうしようちょう》（驕《おご》る支那をうちこらす）と、支那に戦を挑み、「連戦連勝」と喧伝されていた。その連勝と双葉山の連勝がオーバーラップされて、不敗が信じ込まれていたのである。

当時の双葉山は、その結婚式の写真がアサヒグラフの表紙を飾るほどの国民的人気者だった。（昭和14年5月17日号）

双葉山の連勝は、昭和十一（一九三六）年春場所七日目、瓊《たま》の浦《うら》に勝ったときから始まり、十四年春場所三日目駒の里に勝つまでつづいた。

この間、双葉山は小結を飛び越えて関脇一場所、大関二場所で通過し、十三年春場所から東横綱を張っていた。関脇以来、五場所連続優勝して横綱になったのは、相撲史上初めてであった。

東西番付の片面を、出羽ノ海部屋一門で抑えていた出羽ノ海勢は、〝打倒双葉〟を合言葉に、当時としてはめずらしい早大専門部出身の関脇笠置山を中心に、双葉山の連勝ストップの秘策を練っていた。

油断大敵の轍

この場所前、双葉山は満州巡業でアメーバ赤痢にかかり、三十三貫あった体重が二十七貫に激減していた。

大事をとって休場したらどうかと勧められていたが、一〇〇連勝への期待と、〝打倒双葉〟の声に煽られて出場に踏み切ったのだった。

初日に五ツ島、二日目竜王山、三日目駒ノ里と、出羽一門の力士に連勝して、四日目、新鋭の安藝ノ海と対戦となった。本場所では初顔合わせである。

相撲界には、相手の手口、技を知るために、稽古の時、新鋭を指名して可愛がる習わしがあった。可愛がるとは、こてんぱんに土俵上にたたきつけて、上位力士の実力を知らしめ、相手に恐怖心を抱かせる手段であった。

幸い、安藝ノ海は双葉山の属する立浪部屋と、一門の系統が異なっていたので、可愛がりは受けていなかった。〝打倒双葉〟の一念に燃える出羽一門にとっては、それがつけ目であった。その顔合わせで、双葉山が安藝ノ海を軽くみていたことは、当時を述懐した彼の言葉ににじみ出ていた。

東関親方（元高見山）とベースボールマガジン社池田恒雄前会長とともに

「あの場所では、初め三勝したのですが、私自身としては、いつもの調子に変わりはなかったように思いました。ところが四日目に組んだのが、問題の安藝ノ海です。新進の平幕力士で、私とは初顔合わせでした」

相撲通の作家尾崎士郎は、安藝ノ海について、次の通りに書いている。

「安藝ノ海は、出羽ノ海（当時藤島）の薫陶《くんとう》を受けた有望力士で、やがては出羽ノ海の前名であるを継ぐべき運命に恵まれている、と噂されていたが、しかし、一月場所の彼の成績は、最初の三日間、必ずしも良好といえなかった（中略）。

しかし、師匠常ノ花の直伝ともいうべき土俵の変化に応ずる鋭さと、敵の体力に調子を合せて有利な活機をつかむ速度において、双葉山をいかにコナスかということだけが彼の試金石となるべきものであった。つまり、どこまで双葉山に肉薄し得るかということに興味は集中していたが、彼によって思いがけぬ変化の生ずることを予想した者は、おそらく一人もいなかったであろう」

病みあがりとはいえ、三日間勝ち続け六十九連勝と白星を重ねてきた双葉山も、前頭四枚目の若武者・安藝ノ海に、むざむざと一敗を喫しようとは想像だにもしなかっただろう。

彼は、敗れた後で次のように述べている。

「あとから気がついたことですが、私の相撲にも不用意なところがなかったとはいえません。いわば、投げにゆく体勢ではないところを、強引に投げにいった形です。相手はかねがね私の弱点を研究していたわけでしょうから、そのネライと私の不用意とか、はからずもあの土俵で合致して、ああいう実を結んだものと思います」

この世紀の番狂わせを目のあたりに見た尾崎士郎は、

「このとき安藝ノ海は、立ち上りざま、この強敵に対して咽喉輪の強襲を見せ、矢庭に右の脇褌をおさえたと思うと、頭を敵の胸にあて、これと同時に左の上手を抑えた（中略）。土俵の活機はここに生じた。もし従来の双葉山であったら、ここで一歩退いて、有利な時期の展開するのを待っていた筈である。それを待つことの出来なかったところに、彼を敗北に導いた絶体絶命の原因があった。咄嗟にかけた安藝ノ海の左からの外掛けはみごとに極まったのである」と、観戦の様子を述べている。

大双葉の六十九連勝にあと六勝に迫った白鵬の敗因も、慌てて勝ちにいった心のスキを衝かれた結果だった。

稀勢の里には、過去に四回敗れていて大器白鵬にとっては、数少ない敵だった。ただし、平成二十（二〇〇八）年秋場所に敗れて後は、十一連勝の相手。そこに心のスキが生じたのだろうか。

得意の張り差しで、すかさず右腕を稀勢の里に左脇にねじこみ、一気に出ていったが腰が高く、突き落とされて体制を崩し、激しい突き合いでついに感情的になって、流れが逆転してしまったのである。

双葉山は、連勝をはばまれた後、気力の充実を欠き二連敗してしまったが、白鵬はよもやその轍《てつ》を踏むことはない。気分を一新して、ふたたび双葉山の空前の連勝記録に挑んでもらいたい。

白鵬は、平成二十七年の一月場所で、通算三十三回の優勝を遂げ、大鵬の樹立した前人未到の三十二回をついに抜いた。

これで日本相撲史に唯一残る大記録——双葉山六十九連勝が、白鵬に残された挑戦目標になるわけだが、この記録は多分、破れないのではないか。

〝土俵の鬼〟若乃花の惨たる肉声

〝土俵の鬼〟伝説

九月一日は、関東大震災に因んだ「防災の日」である。

平成二十二（二〇一〇）年九月一日、〝土俵の鬼〟と謳われた第四十五代横綱・初代若乃花が腎細胞がんのため死去した。

力びととしては異例の八十二歳の高齢だった。

相撲史上で空前の力士一家——日下開山横綱三人、大関一人を輩出した花田家の開祖である。奇しくも〝防災の日〟が命日となった花田勝治の人生は、天変地異に因縁が深いと言わざるをえなかった。

青森県弘前市でリンゴ園を経営していた花田家が、一夜で破産に追い込まれたのは、昭和九年九月二十一日の室戸台風で、リンゴ園が全滅したためだった。

一家は、北海道室蘭に移住し再起をはかるが、十人兄弟の長男勝治は、小学校時代からアルバイトで家計を助け、二十代で一家の担い手になる星の下にあった。

二十一年の夏、十八歳で花籠部屋に入門するが、室戸台風でリンゴ園が全滅しなかったら、勝治は果樹園の旦那として、悠揚たる生涯を送ったことだろう。

花田勝治が、若ノ花の四股名で初土俵を踏んだのは、戦後二十一年の十一月だった。二所ノ関部屋系伝統の猛稽古の明け暮れで、四年後の二十五年に念願とした入幕をはたした。

この間、力道山に相撲用語で言う猛烈な可愛がりをうけた。へとへとになるほど土俵に叩きつけられ、殴られ足蹴《あしげ》にされ、竹箒で背中にミミズ脹れするほど打擲《ちょうちゃく》される日々だったのだ。あまりの苦しさに、力道山の足首に噛みついたこともあったとか。プロレスラーになった彼が黒いタイツをはいていたのは、噛みつかれた傷跡を隠すためだったの伝説があった。

入幕するや、一七九センチ、一〇〇キロ足らずの体ながら、怪力から繰り出す大技で大型力士を連破し、二十六年九月小結、二十九年一月関脇、三十年一月大関、同年五月初優勝をはたした。

縁起をかついで〝勝雄〟と名づけた長男を、煮えたぎったチャンコ鍋を被る事故で亡くしたのは、三十一年九月場所直前だった。

〝土俵の鬼〟は、数珠をかけて場所にのぞみ初日から十二連勝するが、勝雄を失った衝撃は大きく、高熱を発して休場を余儀なくされた。

この勝雄と、遊び友達だったのが、二十二歳年下の末弟満だった。後年の名大関貴ノ花になる逸材で、彼の長男は三代目横綱若乃花、次男は横綱貴乃花になった。

初代若ノ花を若乃花と改名したのは三十二年九月。三十三年一月場所、二度目の優勝で横綱に昇進するが、ライバル栃錦と共にスピードと多彩な技で片ときも目を離せない近代相撲を完成させた。

絶頂期の身長は一七九センチ、体重一〇五キロと、身長ではライバル栃錦に二センチ高いものの、力士の〝資産〟ともいうべき体重では、二八キロのハンディを背負っていた。

それでいて、どんな大きな相手にも真向から対戦。得意の左四つに組みとめるや、倍近くの体重の相手を宙に舞わせ、あるいは右を差しての独特の呼び戻しの大技で、相手を土俵に叩きつけていた。

私も、大関時代の若乃花が、横綱吉葉山を左四つに組みとめる豪快な投げで土俵に一転させた大技を、砂かぶりで見たことがあった。

相撲通の中には、戦後、最強力士の筆頭に若乃花をあげる人もいるほどで、稽古につぐ稽古で鍛えた体は、ハガネのような筋肉と負けじ魂で固められていた。

君子豹変す

私がこの〝土俵の鬼〟にインタビューしたのは、引退して年寄・二子山を襲名、二横綱の二代目若の花、隆ノ里、二大関の貴ノ花、若島津をはじめ数多くの関取を育てている時代だった。光文社発行の月刊誌「宝石」の連載『明日のドンたち』の企画で、日本相撲協会理事長春日野親方（元横綱栃錦）の跡目になれるかどうかの取材だった。当時、有力後継者に出羽海親方（元横綱佐田の山）らが噂されていた。

早速、インタビューの電話を入れると、秘書が応対に出て、取材の要旨を親方に説明しはじめたとたん「何ッ、ブンヤ？　居ないって言え、居ないって言えッ！」という怒声が聞こえてきた。

秘書はあわてて、「いま、親方は出かけました」と、しどろもどろの対応になった。

私は「どこへお出かけですか。何時頃お帰りになりますか」と重ねて聞いていると、親方の怒声がふたたび、受話器に飛び込んできた。

「バカヤロー！　切れ！　電話を切れッ！」

森美秀代議士と塩澤

この対応に一計を案じた私は、若乃花時代からのタニマチ、財界の顔役の安西浩の義弟が親しい森美秀代議士だったことから、助力を請うことにした。

森は「金以外だったら、あんたの願いごとはなんでもＯＫです」と冗談を言い、

「義兄はイヤな奴だから、甥の昭和電工常務安西一郎に言っておきます。三十分後あたりに連絡させます」

と快諾してくれた。

十五分後、安西一郎から電話があって、「親方にお伝えいたしました。どうぞお電話をしてください」とのこと。すぐ、二子部屋へ電話を入れると、電話口に出た親方は、先ほどの怒声にうって変わった声で、「どうぞ、どうぞご都合のいい日においで下さい」と、驚くほどていねいな言葉を返してきた。三十分前の「なにッ！　ブンヤ！」の主の豹変《ひょうへん》ぶりに唖然としたことを、四半世紀後のいまも忘れない。

インタビューは成功したが、手もとに掲載誌が見当たらないので、残念ながら詳細を書くことはできない。

ただ、二時間近くの対談中、〝土俵の鬼〟と呼ばれた一面をべっ見する機会があった。それは、これから場所入りする弟子たちが、挨拶に訪れる都度、親方は人前も憚《はばか》らずに、「いいかッ、殺せ！　土俵上に、殺人はないんだからなッ」と、すごい迫力で太い腕を突き出すようにして怒鳴ったことだった。

大部屋だったから、取り組みに行き、勝負をつけて帰ってくる力士は引きも切らなかった。親方は、土俵に立つ力士には「殺せ！」と叫び、帰って来て勝負を報告する力士には、勝った者には、「よしッ！　頑張れ！」と叫び、負けて帰った者には、「なにッ！　負けたッ！　お前、なんのために相撲を取ってるんだッ、バカヤロー！」とすごい剣幕で怒鳴りあげていた。

聞きしに勝るすざましさだった。

二子山部屋を興して、一代で二横綱、二大関ら十九人の関取を育てた偉業は、戦前、番付の片面を一門で埋めた出羽ノ海部屋、双葉山全盛期の立浪部屋をはるかに凌駕《りょうが》していただろう。

私がその件にふれて、オマージュを口にすると、親方は私の言葉をさえぎるようにして

「あんたは、そうおっしゃいますがネ、わしの部屋にどれだけ入門者があったと思いますか」

と問いかけ、「サァ」と戸惑いした私に、

「四百七、八十人は入門しているんですよ。ところが、青森から新弟子を連れて来て、九州に有望の子がいると聞いて九州へかけつけ、連れて帰って来たら、青森から来た子が逃げ帰って

いたなんてことが、しょっちゅうだったんですから」

と、苦笑まじりに告白した。

相撲道一筋の人生

実弟の貴ノ花入門の経緯は、いまや伝説となっていた。十五歳で二子山部屋入門を申し出たとき、四男の陸奥之丞（元三段目若緑）が途中で挫折したことに懲りていた親方は「駄目だッ！」と、一言のもとに撥つけていた。

母親のきゑが、「まあ、そういわないで…」と割って入り、勝治に翻意を迫るが、母の言葉は親方の胸にひびくものがあった。

長男の勝治が大相撲から入門を誘われたとき、一家の稼ぎ手を失うからと強硬に反対する夫の宇一郎に「まあ、そう言わないで…」と、助け舟を出してくれたのが、この母親だった。

母の意見に背ける勝治ではなかった。

二子山親方は、弟の入門を許す条件として、「今日限りで兄弟の縁を切る。明日からは親方と、ただの新弟子でしかない。わかったか！」と言うものだった。

弟満は「花田」の四股名で初土俵を踏むが、当初、親方のすごい可愛がりを受けていた兄弟子たちからは、「親方の弟」ということで、酒を一升ビンで注ぎ込まれたり、土俵の砂を口に突っ込まれるなど、理不尽の〝可愛がり〟を受けた。

「無理ヘンにゲンコツと書いて兄弟子と読む」とか「番付一枚ちがえば虫ケラ同然」という相撲界には陋習《ろうしゅう》が数多かった。

もし、貴ノ花が、兄陸奥之丞同様に、ここで挫折していたら、彼の息子から二人の横綱は育たなかっただろう。

親方は、弟貴ノ花に日々、きびしい稽古を命じるが、部屋の裏に母親がいたことから、「稽古に音をあげて、ばアさんのところへ行っていたようですよ」と、苦笑まじりに話してくれた。

この時、大阪にいた陸奥之丞にもインタビューをしているが、彼は長兄であり、部屋の親方だった勝治を、「血も涙もない男だ」と唾棄《だき》するように語っていたのが記憶に残っている。

「私が金に困って、二、三十万円借りたことがありました。兄は、借りた翌月から『返せ！返せ！』の矢の催促でした。二度と借りるものかと思いましたよ。彼が相撲協会理事長になるなんて、選挙だったら絶対になれないでしょう」

人間花田勝治には、うかがい知れない怪物キメラ（頭は獅子で胴はヒツジ、尾は蛇）がひそんでいたのかもしれない。

しかし、力士としての彼は、不世出の逸材であり、血に連なる者から二横綱、一大関を輩出させたのである。相撲史上空前にして〝絶後〟の一族だろう。

その初代若乃花、二子山親方が色紙を乞われて好んで揮毫したのは「道」の一字だった。

その理由を問う私に、花田勝治は、苦笑しながら、次のように答えてくれた。

「相撲道、武道、柔道、修道……道の一字には、人の守るべき教え、やりかたなどが含まれています。わしはいつも『道』と一文字を書くのはその理由からです。もっとも、わしが満足に書けるのは、道一文字しかありませんがネ」

初代若乃花は、昭和生まれの初めての横綱だった。

彼の像は、平成五年八月、郷里の弘前市に彫刻家古川武治の手で造形化されていた。生前・

平成５年８月、青森県弘前市に完成した、第四十五代横綱・若乃花像

古川武治にインタビューをしたとき、青森の生んだ力士、桜錦の銅像を手はじめに、この県から排出した四十二代鏡里、四十五代若乃花、四十九代栃ノ海、五十六代若乃花、五十九代隆の里の五横綱を造形していて、六十三代旭富士ただ一人をまだ手がけていないといっていた。

古川武治の造形化した〝土俵の鬼〟若乃

花は、彼の全盛期の姿を再現していた。ガンの末期、八十二歳の英雄の体重が、力士時代の二分の一になっていたと聞くと、幾多の問題を抱えて苦悩する相撲の行方を一身に背負って逝った感がある。

貴乃花が引退後、日本人からの横綱を一人も出していない。国技の相撲界は、〝土俵の鬼〟が揮毫しつづけた「道」にもどる秋《とき》であろう。

第四章

歌に魅せられた人生譜

島倉千代子の〝からたち〟人生

歌で物語る昭和

降る雪にことよせて、明治は遠くなった感懐を詠ったのは中村草田男である。その名句を援用すると、平成時代に入って四半世紀を超えた昭和は、遥かに遠くなった感がある。だが、歌謡曲に関するかぎり昭和は健在で、「昭和」を冠した歌のCD、コレクション、特集盤は、引きも切らない有様である。

私もその驥尾《きび》に付いて、平成二十四年の後半から二十五年にかけ、『昭和歌謡100名曲』シリーズ五巻を、北辰堂出版から順次刊行してきた。

昭和の六十余年間につくられた歌は、おびただしい数にのぼっていた。音を吹き込んだレコードを回し、音波に再生して聴く、蓄音機という装置の台頭、隆盛、衰退した時期と併走した時代だけに、世を映す鏡の役割を担った歌で、昭和を読むのは容易だった。

現に私は、『昭和歌謡１００名曲』シリーズに先立って、『昭和の流行歌物語』（展望社刊）を上梓しているが、その拙著は平成二十三年九月四日付の朝日新聞読書欄にとりあげられ、美術界の鬼才・横尾忠則の好評をいただいた。

鬼才は「『歌は世につれ、世は歌につれ』ながら時代の歌は現実の人の心の飢えや、どろどろした情念を写実的にリアルに描いたかと思うと、虚構の世界を設定して時空を非日常的な想像の中でうんと飛翔させて、自由に夢や愛と戯れながら遊ばせてくれる。どの歌も世相を反映しているがどこか仮想じみているのが流行歌だ。そして気がついたらわれわれは物語の中の主人公になってしまっている」と、歌謡の世界の本質を衝いた上で、拙著の読みどころを次の通りに指摘された。

「歌が先か世が先か知らないが流行歌の運命を仕切るのは、全てレコード会社の商業的思惑で、スターダムに乗るのも凋落するのも売れる売れないの一点で決まる。これは歌手だけではない。作詞家、作曲家もこの運命からは逃れられない。本書の著者はそんな現場の修羅場をまるで見てきたように語る。本書には著者と著名音楽家たちとのツーショット写真んがたくさん掲載されているが、歌が生まれ、ヒットする現場に入りこんで描いたルポだけに臨場感がある。

本書は流行歌が物語る立派な昭和史である」


鬼才にこのような評をいただいた追風もあって、拙著は版を重ね、その流れから名曲シリーズが派生して、百曲の予定が読者各位の叱咤激励により、五百曲に及ぶことになった。

八十を超えた身で、文化には馴染まない歌謡の流れを検証する日々は、風俗現象を追う浅墓《あさはか》な作業に思え、陰鬱《いんうつ》な気分に陥ることも少なくなかった。が、菲才なりの晩節の消去法もある…の思いになり、ボケ防止の便法と割り切って、反故《ほご》の中にうずもれて過したのである。

感動的な最期

膨大な昭和歌謡水脈の岸辺を徘徊する間に、思いがけない事件、歌謡史にとどめるべき事象や報告に遭遇した。

平成二十五年に限っても、生きた昭和歌謡史ともいうべき、バタヤンこと田端義夫・九十四歳の大往生。伝統の演歌の調べを〝怨歌〟に変えた藤圭子の高層マンションからの投身自殺。そして、長野県と伊那谷に関係の浅からざる〝泣き節〟の島倉千代子の死去であった。

太平洋戦争末期に、松本在に疎開して数年を過ごした千代子は、信州を第二の故郷に位置づけていた。その思いが高じて、飯田在の元浪合村の名誉村長、観光大使に就任したこともあった。彼女の死は、飯伊地方に少なからざる衝撃を走らせたようであった。

島倉千代子は、宿痾の肝臓ガンで死去する三日前の十一月五日、自宅に急設したスタジオで、畢生《ひっせい》最後の「からたちの小径」を歌いあげていた。

旧浪合村治部高原に建立されている、浪合イメージソング「風の中で」歌碑　島倉千代子筆跡（佐々木堅実撮影）

平成二十六年が歌手生活六十周年に当たることから、作詞喜多條忠、作曲南こうせつの〝神田川コンビ〟がつくった六十周年記念歌だった。十月十五日がレコーディング予定となっていたが、入院していた千代子から十月二十九日に、

「十一月十五日まで待てない。すぐに声だけでも入れさせて下さい」

と、アピールされたことから、急遽、吹き込まれた新曲だった。

死を目前のレコーディングになったわけだが、千代子は歌手生活を締めくくる歌唱を終えた後で、一転、気息えんえんとした絞り出すようなか細い声で、「人生の最後に、素晴らしい、素晴らしい時間をありがとうございました……」と、終焉の辞を切々と述べていた。

生命が焦眉の急にあるとき、新曲を吹き込み永別をファンに告げた歌手は、昭和、平成の歌謡史では、空前のケースだっただろう。

葬儀の席で中継された島倉千代子の最後の歌と、別れの言葉を聴いて、涙を流し彼女の筆舌に尽くしがたい苦労の「人生いろいろ」を忍んだ各位は多かった。

平均重要からみると、十二、三年は早い生涯だったが、「歌手はステージに立って死ねたら本望」のあらまほしい姿を思う時、果報の生涯だったのではないか。

からたちを結ぶ二曲

「からたちの小径」の新曲で、別れを告げた島倉千代子の生涯については、テレビ、ラジオ、新聞、週刊誌を挙げての特集が組まれた。

それらの特集では〝不幸のデパート〟といわれた島倉千代子の結婚と離婚、三回の中絶、姉の自殺、巨額な借金、姉弟との義絶、〝生涯の恩人〟と信じた眼科医の裏切り。〝救いの神〟と仰いだ細木数子による搾取《さくしゅ》。そして乳ガン等々…千代子、七十五年の人生の尋常ならざる数々が、うんざりするほど書かれていた。

昭和の歌謡界について、何冊かの拙著を持つ私も、コメントを求められた。彼女の不幸な人生模様を彩るための、屋上屋を架すたぐいの談話だった。

島倉千代子の死去を伝える記事の数々

その中にあって、辛辣な取材をもって鳴る「週刊新潮」は、「『細木数子』を恐怖していた『島倉千恵子』」のタイトルで、四頁にわたる秋霜烈日《しゅうそうれつじつ》の特集を行っていた。

取材記者が旧知の間柄だったのと、拙著にある程度目を通していてくれたことなどを勘案して、かなりの時間を割いて取材に応じた。掲載された同誌の十一月十四日号は、同類他誌の中では読み応えのある特集となっていた。

その特集に協力して、心残りだったのは「からたち日記」から「からたちの小径」に象徴された島倉千代子の歌手としての講評がカットされていたことだった。

特集のテーマに馴染まない話題であったから削除されたのだろう。

だが、歌手島倉千代子の生涯語る時に、死の三日目に吹き込んだ「からたちの小径」と、彼女の初期の代表作西沢爽作詞、遠藤実（米田信一）作曲の「からたち日記」――からたちの花で結ばれた歌手人生を知ることは、重要と考えられた。「からたち日記」は、その生前、交誼をいただいていた遠藤実の作曲人生にスプリングボードとなった渾身の作曲だった。当初、米田信一のペンネームで発表したのは、マーキュリー・レコードの専属作曲家だったため、コロムビア専属の島倉千代子には、本名で作曲できなかったからだった。

当時、弱小レコード会社のマーキュリーで、めきめきヒットを飛ばしはじめた遠藤実に注目したコロムビアの馬渕玄三ディレクターが、島倉千代子の新境地をひらくために、起用した経緯があった。

昭和三十三年当時、作曲だけでは食えず、流しをやっていた遠藤実だった。その彼が、ビクターと双璧をなすコロムビアから、作曲の申込みを受け、「感激で身が震える思いだった」と、述懐していた。

同社には、尊敬する古賀政男をはじめ、作詞、作曲の先達がキラ星のようにいた。特に遠藤は島倉千代子の大ファンで、彼女の歌を作曲してみたいと願っていた。

西沢爽作詞の「からたち日記」が、遠藤実に頼みたい曲だった。彼はその詞を読んで、格調の高さに圧倒され、この作曲で自分の作曲家生命が決まると、死に物狂いで取り組んだと語っている。

最初は、得意とする「ラ」音を基調のマイナー曲を書いたが、演歌のワクを破るメジャーな曲想でもう一曲書くことにした。

第二作は、四分の三拍子にはじまり、四分の二拍子や四分の四拍子が入る複雑な旋律だった。山田耕筰が北原白秋の「からたちの花」につけた曲が、四分の四拍子から四分の三になり、また四分の四に戻るその流れを踏襲したのだろう。アンコの部分の切々とした台詞が、心を打つ仕掛けになっていた。

島倉千代子は、短調と長調の「からたち日記」を、遠藤実のピアノ伴奏で歌って「どちらがいいか」と聞かれ、「ふたつとも素敵です。でも私はこれまでの島倉千代子と違うものを歌ってみたい。いままでのような短調ではなく、長調の曲を選ばせて下さい」と言い、〝泣き節〟からの脱皮をこころみていた。

「終りよければすべてよし」歌手生涯を全うした島倉千代子の霊前に、北原白秋の名詩「からたちの花」の一節を捧げたい。

からたちのそばで泣いたよ
みんな　みんな　やさしかったよ…

作曲家　遠藤実の秘音「ラ」

極貧で育つ

「星影のワルツ」「北国の春」「高校三年生」「くちなしの花」等のヒット曲で知られる作曲家遠藤実が、急性心筋梗塞のため死去した。後期高齢者に入ったばかりの七十六歳だった。

世代をともにするこの作曲家と、私は四十年を越える交友を持っていて、拙著の出版記念会や、雑誌の対談、インタビューに気やすく顔を出してもらっていた。

日本作曲家協会会長や歌謡界の大御所的存在の遠藤実に、一介の雑文書き風情がフランクのつきあいが可能だったのは、週刊誌編集長時代に、彼の苦境を救った因縁からだった。

以来、彼はプライベートの席では、私を兄貴と奉《た》て、「兄貴は、実《みのる》を信じて下さる」と、私の名前にこと寄せ、胸襟を開いてくれた。

「実を信じる」云々は、私の出版記念会の挨拶でも、臆面なく語っていた。恐縮のかぎりだ。

彼は太平洋戦争末期に、両親のふるさと新潟へ疎開し少年期を過ごしているが、食うや食わずの極貧生活で、旧制の中学にも行けず、農家の作男から社会へスタートしていた。

その頃、「牛になりたい」と思ったと語っていた。牛は昼は働かされるが、夜はゆっくり休める。ところが、彼は夜も遅くまで酷使され、満足に休めなかったからだ。

小学生で音楽の道を志した。疎開して街はずれの電気も天井もない掘立小屋に住む東京育ちの実少年は、土地の悪童たちの格好のいじめのターゲットにされた。

「先生にも、友達にも馴染めず、学校へ行くと言って家を出て、学校の裏山で時間をすごす日がありました。松の木に寄りかかって、佐渡から吹いてくる風が運んでくる波の音を聞いていました……」

いまでいう〝登校拒否児童〟の走りだった。東京へ帰りたい一心で、波の音に耳を傾ける孤独な少年は、とある日、自然にメロディーを口ずさんでいた。

「私の最初に作曲した歌は、その時のメロディーでした。楽譜も書けない時代ですから、もう忘れてしまいましたが、私は自然から学び、寂しい哀しいときに、メロディーを生み出すようになったのです」

作曲家の原点をこのころにおく遠藤実は、「戦争がなく、ぬくぬくと親のスネをかじって高校から大学へ行っていたら、わたしの大衆的なメロディーは生み出せなかったでしょうね」と、語ってくれたが、昭和の歌謡王といわれた古賀政男の生い立ちに似て、悲運と逆境が曲想の核《コア》になったと考えられる。

十六歳で、人家を一軒一軒回って歌い、わずかなお金をもらう「門付《かどづ》け」を始めた。厳冬のある夜、あまりの寒さに凍《こご》えた手を温めるために、路傍《ろぼう》で小便をかけて暖《だん》をとったこともあったと語っている。

「あの時の小便のあたたかさは、いまも私の手にのこっている感じです」

彼の新潟時代を詳細に書いて行ったら、涙にまみれた一冊の本ができあがるだろう。

どん底体験を梃に

昭和二十四年、十七歳で上京して流しの演歌師になり、中央沿線の裏町を十年流しつづけながら、独学で作曲家の道を志した。

この間に、裏町のよどんだ空気を吸い、うらぶれた女の涙のしずく、栄達から見放された男たちの嘆きの吐息を浴びた。その体験から、マイナーな人々の哀しみを歌わせたら、誰にも負けない作曲の自信をもった。

しかし、裏町、うらぶれ、寂しさ、哀しさといったムードを、ストレートに作曲したのでは、やりきれない暗さばかりが先だって、聴く人の心に夢も希望も、よろこびもおこさせず、「ただ現実の空しさだけがのしかかってくる　負のリアクションがあること」を知った。

遠藤実と塩澤

遠藤実は、このアンビバレンスの苦労を経て、大衆の心を捉えるメロディーを生むコツをさぐり当てたのだった。彼はわかりやすいたとえを交えて次のように説明してくれる。

「…ヒット曲を生み出すことはむずかしい。大衆の心より一歩前進では、大衆はついてこない。半歩でもむずかしい。半歩の半分がちょうどいい。この四分の一の位置の前進で、大衆の音楽のレベル向上をはかっていく」

この四分の一の前進という遠藤メロディーの発想から「からたち日記」（島倉千代子）、「高校三年生」（舟木一夫）、「こまっちゃうな」（山本リンダ）、「星影のワルツ」（千昌夫）、「ついてくるかい」（小林旭）、「せんせい」（森昌子）、「くちなしの花」（渡哲也）、「すきま風」（杉良太郎）、「北国の春」（千昌夫）、「みちづれ」（渡哲也・牧村三枝子）、「夢追い酒」（渥美二郎）、「雪椿」（小林幸子）など、おびただしい数のヒットソングが生まれたのである。

七十六年の生涯に五千曲以上を作曲しているが、十二月七日の朝日新聞朝刊、社会面のトップ記事「遠藤実さん死去。哀愁のメロディー独学で『北国の春』外国でも愛唱」には「曲づくりの原点を『人間には人生を映すフィルムがある。そこに焼き付けられた一コマ一コマを頭の中に再現して、似合うメロディーを探す』と語った」と書かれている。

私には曲造りの手段《てだて》を、実にあっけらかんと、次の通りに話してくれた。

「僕のメロディーには『荒城の月』『朧《おぼろ》月夜』、クラシックでも日本人に特に好かれている『新世界』の第二楽章の『家路』のゆったりとしたラルゴの旋律がかくし味になっています」

その言葉を受けて、彼のヒット曲の「星影のワルツ」「北国の春」「すきま風」「みちづれ」などを歌ってみると、そのメロディーのどこかに、滝廉太郎の名曲や、岡野貞一、ドボルザークの感傷的な旋律が静かに流れていることを知るのである。

遠藤メロディーに、懐かしさや涙を誘う、哀愁を帯びた曲の多いことは知られているが、日本人の心情に訴え、琴線をふるわせる「荒城の月」や「朧月夜」「家路」などの名曲が、その底に敷かれたいる事実を知れば、目からウロコが落ちた気がするではないか。

一本指で弾ける曲

遠藤実とは、平成八（一九九六）年、八十二文化財団が発行している季刊誌「地域文化」秋号の信州が生んだ大作曲家・中山晋平特集『そして、歌は流れて行く』で対談を行っている。その対談で、遠藤は中山晋平と同じ作曲家ということで、いろいろと縁があることを次のように語っていた。

遠藤　僕は疎開先の新潟で少年時代を送りましたが、歌手を志し上京を果したのが十七歳。晋平先生が代用教員にあきたらず上京するのも…

塩澤　ええ、確か十七、八歳です。

遠藤　先生は音楽学校に入りました。僕は歌手になりたくて流しの演歌師をやっていましたが、どうも歌手では芽が出ない。でも音楽と一生をともにしたい。それでは作曲家になろうと（中略）そして、昭和四十八年のことですが、『中山晋平・西條八十賞』という賞が設立されまして、何とか私が第一回をいただいたんです。

遠藤実は、この言葉につづいて、

「こういうのを縁と言うんでしょうか。いま僕が日本音楽著作権協会の会長をさせてもらっている」

と語り、初代会長が中山晋平だったことを思うと、不思議な縁であることに驚く。

この対談で、私は大衆に好まれるメロディーの秘密を、遠藤実から教えられた。

遠藤は、ヒットするには、

「私の場合、まず詞ですね。一フレーズでもいいんです。自分の魂をふるわせる詞に出合うことです」

と前おきして、次の通りに語っていた。

遠藤　…実は、晋平先生も私の曲も一本指で弾ける旋律なんです。十本の指を使って弾く作品のほうが技術的にすごいかもしれませんよ。でも一本でたたいてつながる旋律だからこそ多くの人々に歌われるのでしょう。

先生の偉大さは音楽学校に行ってクラシックから何から勉強していながら、日本人の心が求めているものはこれだといって、童謡・民謡に至るまで大衆の音楽家に徹した、一本指の旋律をつくり続けたということですね。

塩澤　そうですね。『カチューシャの唄』は大正初期の歌ですが、出だしのところはいまの人でもくちずさめますよね。それこそ一本指で弾けますね。

遠藤　そうでしょう。〈カチューシャかわいや〉のあたりを僕なりに分析してみますと、ソの音から始まってまたソの音に帰って、こういう繰り返しなんですね。ソド～レミ、ソラソ～ミ、ドレミ～レド、ラ～レ～ソ（ピアノを弾く動作をして）

先生はあの松井須磨子＝カチューシャを心に浮かべ、彼女が別れが辛くて何歩か歩き出し、また振り返って戻る。それをメロディーにされている。

作曲家は絵の具を持たない画家です。だから音のことを音色というんです。音の色、作曲家にはこの音だけはどうしても使いたいという音があるんですよ。晋平先生はソなんです。

塩澤　遠藤さんにもありますよね。

遠藤　僕はラです。（中略）意識して使うのではないですが、結果的にそうなるんです。ソとかラの音色が日本人の郷愁をそそってきたんですね。

塩澤　それから、詞とメロディーの副次的なものと言いますか、合いの手、囃《はや》言葉《し》、あるいは繰り返しの言葉がありますね。

遠藤　ええ、あります。中山晋平先生がやはりその先駆者なんですね。カチューシャの〈ララ、かけましょか〉『東京音頭』にしても〈踊り踊るな〜らチョイト〉なんでもないことだけれどもすごいんです。

塩澤　体が浮き立ってきますものね。

童謡を書く約束は…

囃言葉については、中山晋平が作曲した「天龍下れば、ヨサホイノホイサッサ」を思い出していただければ、納得していただけるだろう。

私は、晋平節と遠藤メロディーについて「晋平メロディーはご存知のようにヨナ抜き五音階とマイナーな曲調ですが、これは遠藤メロディーに通底していると僕は思うんです。それが日本人の心の琴線をかきたてる」と、口はばったい説を言い添えている。

私と遠藤実が、「地域文化」で対談した頃はバブル経済が破綻した現在と似た時代だった。そこで私は「中山晋平が活躍した大正から昭和初期は、都市化が急激に進んだ時代でした。関東大震災、金融恐慌などで失業者もいっぱいいた不安材料にことかかない時代。同時にラジオ放送が始まったり、地下鉄ができたりで不景気風を吹き飛ばしたいという雰囲気の時代でした。何だかいまと少し似ていませんか」の問いかけに、遠藤は次のように答えている。

「先が読めないような時代に、時代を動かすような歌が流行してきたんじゃないでしょうか。不景気だ、どん底だ、いやになっちゃう。そういう時こそヒットが生まれるチャンスなんですよ。そういう意味では、いまがその時なんですよ」

こう語った私よりわずかに年下の遠藤実は、持病だった心臓の病で、旅立ってしまったのである。

彼の死の報に接して、しみじみ残念に思うのは『そして、歌は流れゆく』対談の結びで、私に約束している、

「家族みんなで語り合えるような歌をつくりたい。ぼくはね、童謡を、中山晋平が書いた童謡の流れを受け継ぐものを書きたいと思っているんです」

を叶えてくれないままに、逝ってしまったことである。

田端義夫の壮絶な歌謡人生

橋の下の音楽教室

歌謡界の最長老・田端義夫が急逝したのは平成二十五（二〇一三）年四月である。九十四歳だった。偶然にも、地方紙に連載中の「演歌を尋ねて100曲」で、バタヤンの「大利根月夜」を掲載直後だっただけに、不思議な因縁を感じたものだった。

彼には両三度逢っているに過ぎないが、苦労人で気さくな人柄だっただけに、生い立ちから、歌手生活の裏表《うらおもて》、ヒット曲の秘密、人生観、女性遍歴に至るまでをざっくばらんに語ってもらっている。

それによると、義夫は三歳で父親が死去。兄三人、姉五人、弟と十人の子沢山で貧しかったために、小学校は三年半しか通えなかった。

吉川英治、菊田一夫、大蔵貢（近江俊郎の長兄で新東宝社長）といった後年の成功者たちも家が貧しかったために通学できず、その程度の学歴だったが、田端義夫の家庭の貧しさはケタはずれだった。

彼の話によると、父の死後、母と、姉しげの、義夫と末弟音次郎の四人は、大阪で働く長兄を頼って松坂を出奔している。大阪時代の六年間に家賃が払えず、四、五回夜逃げをしていて、当然、小学校も変わり転校の連続で、学校に行ったり行かなかったりだった。

学校では苛めのターゲットにされ、教科書代も払えないので、「そのうちに、先生の顔が借金取りに見えて来た」という。

三年半の小学校時代、いちばん仲の良かった姉しげのが、芸者になって送ってくれた霜降りの厚手の学生服を夏冬通して着ていた。しかし、下着を買ってもらえないので、直にズボンをはいていて、雨の日や冬には、冷たい空気が肌にふれ、寒さが身にしみたと述懐していた。

小学校時代のこの屈辱感が彼の闘争心を養い、歌手になって何回か挫折を体験しているが、「今にみていろ、必ず見返してやる！」の原動力になった。

義夫少年は、この極貧時代に慢性的な栄養失調で、トラホームをこじらせ、右眼はほとんど失明していた。後年の芸能生活に、片目のハンディキャップは大きかった。

小学校を中退して、大阪、名古屋で丁稚、菓子店の店員、旋盤工と、底辺生活を転々としている頃の、唯一の慰めは歌であった。

ディック・ミネが、ギターを抱えて歌う姿に憧れて、ベニヤ板をギターの形に切り、木綿糸を張って、ギターならぬ「イター」を作り、古賀政男のギター教則本を見ながら、自分の声でドレミと音階を出して、演奏法をマスターしていった。

ついで、家の近くを流れる庄内川の豊公橋の下へ行って、昭和十年前後に流行していた東海林太郎の「赤城の子守唄」や「お駒恋姿」、音丸の「船頭かわいや」などを何十回、何百回と歌う中で、独特のバタヤン流歌唱法を身につけていった。

義夫少年が、音楽教室を豊臣秀吉ゆかりの豊公橋の下に設けたのは、母親が流行歌嫌いで、「そんな歌ばかり歌っていると、行き過ぎもん（不良）になる」と、ことあるごとに反対されたからだった。

僥倖だった船出

昭和十三年、新聞社が企画したアマチュアコンクールに出場。歌謡曲の「伊豆の故郷」を歌って、千人の中から第一位に選ばれ歌手への道を拓いた。

上京してポリドール社長宅で玄関番をしていて、デビュー盤でいきなりヒットになる「島の船唄」を歌う僥倖にめぐり会った。

この歌は、当時ポリドールで東海林太郎と人気を二分していた上原敏のために作られた作詞清水みのる、作曲倉若春生の「船」シリーズの第一弾だった。

それが、バタヤンの船シリーズの第一作になったのは、上原が「妻恋道中」「裏町人生」「流転」と、たてつづけの大ヒットのため多忙をきわめて「島の船唄」のレッスン時間がとれず、それで田端にチャンスがめぐって来たのである。

田端義夫と塩澤

田端義夫の当時の月給は五円だった。が、その五円をやりくりして、五線紙代や色鉛筆代をねん出したという。色鉛筆は、彼の歌手生活七十年余を支えるバタヤン流譜面を作るための〝投資〟であった。

私が直に聞いたその譜面づくりとは、次の通りだった。

「まず、詞を見ますね。いい詞に対しては必ずいい曲がつき、これはヒットにつながるわけです。次に作曲家のレッスンを受けるわけですが、倉若先生に歌ってもらい、フシメに音楽用語にはない、私独特の印をつけていくのです。むろん作曲家は歌はうまくない。が、歌に対して深い思い入れがありますから、その作曲家の思いを、色鉛筆で楽譜に印していくのです」

音楽記号では、フラット（強く）、ピアニッシモ（弱く）のＦ・Ｐで記されるところを、田端義夫は、「感じはこめるが声は小さく」とか「心から笑って楽しく」と言った独自のバタヤン流記号を付けていくわけだった。

「島の船唄」を例にとると、一番の

小島離れりゃ　船唄で今日も暮れるか波の上…

の歌い出しと、二番の

何が恋しゅうて　浜千鳥
小松がくれに呼ぶのかよ…

の旋律は同じでも、詞にこめる感情は別であった。

だから、「小島離れりゃ　船唄で」を、明るい気分で歌い出しても、二番の「何が恋しゅうて、浜千鳥」三番の「板子命の　俺だとて」になると、旋律は同じでも、詞藻にかける強・弱さや、感情のイントネーションは、微妙な差があることだった。

バタヤンは、この言葉につづけて、彼の歌が長年、ファンに愛唱されている秘密を、目からウロコが落ちるような言葉で語ってくれた。

「私は、色鉛筆に彩られた詞ごとに記号が異なる楽譜を持っているわけですね。それと、歌手にデビューした時から、私のオリジナルの歌は、キーを絶対に変えませんでした」

田端義夫が、細い眼の見えない右目を心持ち開けるようにして、胸を張って断言したように、彼の持ち歌は最初のままの音程で歌いつづけられていたのである。

七十余年も歌いつづけた歌手生活で、これは希有なことだった。歌手は加齢とともに、音程を下げるのが普通だった。

その歌手の常識にあがらって、バタヤンがかたくななまでに、歌い出し当時のキーの高さで歌っていたのは、小学校さえ中退せざるを得なかった壮絶な生い立ちと、「島の船唄」につぐ大ヒット「大利根月夜」の歌を聴くことで明らかになる。

涙がある歌声

「大利根月夜」は、上原敏のピンチヒッターの「島の船唄」がヒットしたことで、田端義夫のためにつくられた。

股旅歌謡路線を拓いた藤田まさとが作詞し、長津義司作曲だった。藤田は、「明治一代女の唄」「流転」「妻恋道中」と、ワンフレーズで心を鷲づかみする詞藻を得意としていた。

「大利根月夜」では、千葉道場で剣法を学んだ平手造酒の落魄《らくはく》の身を、切々と歌っていた。殿の招きで月見酒の宴に招かれ、笑って眺めた月を、いまは、やくざに身を持ち崩して、心身ともにボロボロになって眺めている…という詞であった。

田端義夫が数多くのヒット曲の中でも代表曲となるこの歌を歌う時、キーを落とさなかったのは、「平手造酒が侍くずれの、やくざの成りの果てのイメージになる」の理由だった。

「侍くずれ」のイメージは、自らの赤貧洗うがごとき生い立ちに照らして、小学校でいじめに逢い、教科書代も払えないあのみじめな時代に、重なる思いが強かったからである。

バタヤンの心には、生涯「おのれ、いまにみてけっきゃらがれ！」の逆境に負けない不屈の闘争心があった。

戦前、前記のヒット曲についで「別れ船」戦後は「かえり船」の大ヒットをはじめ、数々のヒット曲にめぐまれ、順調を絵に描いたような帆走をつづけていた。ところが、「親子舟唄」を区切りに、昭和三十年代に入って逆風に遭遇して、バタヤン丸は沈没かと言われた時、この闘志が発揮されたのだった。

彼はヒット曲の感触を求めて、夜の町へ出て、新宿、渋谷、新橋と彷徨《ほうこう》するが、ある日、銀座七丁目の沖縄料理店で、五人のかわいい沖縄娘が歌っていた素朴な島唄に、耳を傾けた。

赤い蘇鉄の　実も熟れる頃
加那も年頃　加那も年頃
大島育ち

その詞と曲は、バタヤンがはじめて耳にするものだった。

ほのぼのした哀愁をたたえた沖縄音階の胸をうつメロディだった。

「こんないい曲が、なぜ、ヒットしていないのだろう。私はすぐレコーディングしようと調べてみたら、作詞は有川邦彦、作曲が三界稔で、三界さんがコロムビア専属だから、テイチク専属の私には出来ないことがわかりました」

田端は仕方なく、しばらくレコーディングの機会を待った。幸か不幸か三界稔が急死したことで、テイチクでやれることになる。が、ロカビリーの全盛時代に「島育ち」などという南の小島の唄など、売れるはずはないと、ディレクターに一蹴《いっしゅう》されてしまった。

田端の闘争心は、ここで湧き上がった。

「私は、カムバックをこの歌にかけていましたからね。執念で『この歌が売れないようでは、日本がダメになる』と迫りましたよ」

彼は会社とかけあって、レコーディングの費用は自前、三味線《さんしん》、太鼓、ベース、そして自分のギターの弾き語りの、たった四人で録音して、発売に漕ぎつけたのだった。

ところが「島育ち」は、発売すると、一カ月で三十五万枚の大ヒットになり、昭和三十七年日本レコード大賞を、橋幸夫と吉永小百合の「いつでも夢を」と競い合った。

惜敗したものの、松竹で岩下志麻主演で映画化され、バタヤンも出演。奇跡のカムバックは成ったのだった。

田端義夫は昭和四十六年、演歌の大御所古賀政男のヒット曲を『田端義夫・古賀メロディを歌う』と題して、ＬＰで出している。

そのレコーディングに立ち合った古賀は、吹き込みが終ると、開口一番、

「バタヤンの声には涙がある」

と、評した。

橋の下で独学で身につけた歌唱法に、大御所から、この言葉を受けたバタヤンは、歌手冥利《みょうり》に尽きただろう。

不屈の歌手に合掌。

田端義夫

名歌名曲誕生ものがたり

「花の街」異聞

人から人に歌いつがれてきた愛唱歌は、過半が抒情的な童謡や、唱歌、歌謡曲によって占められている。世に出てから数十年を経ている歌が多く、時代を超え、年齢・性別にかかわりなく愛唱されている。

すすめられるままに、長年歌い継がれてきた愛唱歌の成り立ちを、自らの体験を織り込みながら、一冊の本にまとめてみた。

題して『愛唱歌でつづる日本の四季』（論創社刊）である。明治・大正・昭和の三代から、愛唱されてきた歌の歌詞と曲から、季節ごとに分けて、出自の秘密を探ったところ、愛唱歌には日本の四季が、見事に映し出されていた。

調べた歌の一部を紹介してみると、「花」「早春賦」「ゴンドラの唄」「椰子の実」「花の街」「宵待草」「浜辺の歌」「月の砂漠」「からたちの花」「夏の思い出」「長崎の鐘」「知床旅情」「荒城の月」「故郷」「かなりや」「夕焼け小焼け」「赤とんぼ」「この道」「里の秋」「ちいさい秋みつけた」「砂山」「惜別の歌」「雪の降る街を」「白鳥の歌」「出船」「かあさんの歌」「思い出のアルバム」などである。

これらの歌が、どのようにして作詞・作曲されたか…。作り手が遠い過去の人は関係資料を博捜《はくそう》したが、手のとどく範囲には直接聞いた話もあり「そうだったのか」の感を深くした。

一例をあげると、江間章子作詞、團伊玖磨作曲の「花の街」は、江間と中田喜直コンビで生まれた名曲「夏の思い出」を聞いた團伊玖磨が、「凌《しの》いでやろう」の意気込みで創っていた。

中田喜直は、青山学院中学部で、團の一年先輩で、東京音楽学校では二年先輩だった。音楽学校でなぜ二年の差がついたかというと、音楽の才に秀でた喜直は、中学四年でピアノ科に入っていたからだった。

團伊玖磨が、「夏の思い出」のメロディーをラジオ歌謡で初めて聴いたとき「荒んだ世相を他所《よそ》に、何と美しい歌が出来たものだろう」と感動した。そして作曲者が心優しい親切な上級生と知って、いつかは先輩に負けない曲をの思いに駆られたという。

二年後、同じ作詞者・江間章子の「花の街」の作曲依頼が、NHKから来たとき、團はこのチャンスに、「先輩を超える抒情歌を！」と作曲にかかった。

團伊玖磨の祖父・琢磨は、三井合名理事長で、戦前の財界のリーダーだった。昭和恐慌の最中、三井のドル買い事件で反感を受け、血盟団員に三井本館玄関で狙撃され死亡していた。

「じじいは、僕を可愛がってくれましてね。あの日の朝も会社に行く前に、僕の頭をなでてくれました。それが一時間後に、血まみれの死体となって帰って来たんですからねぇ」

ノーブルな物腰でこのように話してくれた團伊玖磨は、政治家や財界人はテロに狙われやすいが、芸術家はこの限りではないだろうと、音楽を志したの口吻《こうふん》だった。

柳田国男と「椰子の実」

柳田国男は、信州は飯田に深いかかわりのある民俗学の泰斗である。飯田城址本丸跡付近に、国男の世田谷にあった喜談書屋が移築されていることから見ても、思い入れの深さがわかる。

実は、島崎藤村の「椰子の実」は、明治三十一年当時、松岡姓だった国男が、療養のためひと夏過した愛知県伊良湖崎の浜に漂着した椰子の実の話から、着想していた。

国男はその頃、東京帝国大学で農政を学ぶ傍ら、「帝国文学」に新体詩を発表していた。「帝国文学」は、同大学の機関誌で、明治三十年に同大学文科哲学科を卒業した飯田出身の樋口秀雄(筆名龍峡・日夏耿之介の伯父で後に南信選出の代議士になる)が編集していたことがあった。

国男は、伊良湖崎に滞在していた折、散歩に出て、黒潮にのって遥か南の島から漂流してきた椰子の実が、浜辺に打ち上げられているのを、三たび目にとめていた。

彼は東京へ戻ると、島崎藤村に浜に漂着した椰子の実のことを話した。藤村は目をかがやかせて聞き「君、その話を僕にくれないか」と懇願し、快諾を得ると「絶対、秘密にしておいてくれ」とつけ加えた。

柳田国男は、藤村との約束を守って「椰子の実」のエピソードは、最晩年まで明らかにしなかった。

碩学《せきがく》が、椰子の実の秘密にふれたのは、六十余年後、柳田民俗学の集大成『海上の道』を論述したときである。

同著は、日本人はどのようにして、日本列島に住みついたか。稲作伝来とセットになって、海上の道を通りここに住みついたのではないかの、余人の追随を許さない論考だった。

椰子の実にふれているのは、次の通りだった。

一度は割れて真っ白な果実の露《あらわ》れ居るもの、他の二つ、は皮に包まれたもので、どの辺の沖の小島から海に泛《うか》んだものかは今でも判らぬが、ともかくも遥かな波路を越えて、また新しい姿でこんな浜辺まで、渡って来て居ることが私には大きな驚きであった。この話を東京に還《かえ》って来て、島崎藤村君にしたことが私にはよい記念である。

一方、詩人は漂着した椰子の実の伝聞《でんぶん》から、次の名詩を紡ぎ出した。

名も知らぬ遠き島より
流れ寄る椰子の実一つ
故郷《ふるさと》の岸を離れて、
汝《なれ》はそも波に幾月

椰子の実に寄せて、詩人は人生の流離の思いを、情感をこめて詠いあげ、五節目に「実をとりて胸にあつれば／新《あらた》なり、流離の憂《うれい》」という感興を導き出したのである。

これに対して民俗学者は「固《もと》より私の挙動でも感慨でも無かった上に、海の日の沈むを見れば云々の間を見ても、或いは詩人は今すこし西の方の、寂しい磯ばたに持って行きたいと思われたのかもしれないが、ともかくもこの偶然の遭遇によって、些々《ささ》たる私の見聞も亦《また》不朽のものになった」と述べていた。

詩人・藤村は椰子の実の漂着を聞いて、その感動を不朽の詩に昇華させ、片や民俗学者は〝海上の道〟に柳田民俗学の集大成を結実させたわけである。

この「椰子の実」が国民歌謡として、山田耕筰門下の大中寅二の名曲で歌われ始めたのは、昭和十一年からだった。

「長崎の鐘」鳴り響く

「長崎の鐘」は、戦後生まれの愛唱歌である。

サトウハチローは、この歌の作詞を最後に、おとなの歌の世界から、童謡一筋に生涯を捧げることになる。

歌の下敷きとなったのは、長崎医大の放射線科医・永井隆が、長崎の原爆に傷ついて、昭和二十六年に昇天するまで、旺盛な筆力で綴った『長崎の鐘』『ロザリオの鎖』『この子を残して』などの著書だった。

永井隆は、奇蹟的に助かったものの、妻の緑は自宅で一かけらの骨とロザリオの鎖を残して、死去していた。幼い二児の誠一と茅乃は、郊外の祖母の家に疎開していて無事だった。

被爆で白血病をわずらい、妻を失った永井隆は、焼跡に建てたわずか二畳の如己堂で、二人の子どもと共に病床生活を送ることになった。

敬虔なキリスト教徒の彼は、病床でひたすら、原爆体験を執筆し、東京の出版社から出版するが、その一冊は飯田市駄科出身の熊谷寛の経営するロマンス社から刊行し、ベストセラーになった『ロザリオの鎖』である。

永井隆は、同社発行の「婦人世界」にエッセイも書いていて、ロマンス社とたびたび手紙を取り交わした。その何通かが私の手もとにある。サトウハチローが『長崎の鐘』の映画化主題歌を、好きな酒断ちをして、「まじめな気持ちで、レベルを上げて歌詞を書いた」のは、弟を広島の原爆で失っていることと、いわゆる歌謡曲の作詞から足を洗い、童謡一本に作詞を綴る決意を固めたからだった。

こよなく晴れた　青空を
悲しと思う　せつなさよ
うねりの波の　人の世に

はかなく生きる　野の花よ
なぐさめはげまし　長崎の
ああ　長崎の鐘が鳴る

気心の知れたハチローの「長崎の鐘」を作曲した古関裕而は、「露営の歌」「愛国の花」「暁に祈る」「若鷲の歌」などの戦時歌謡の名曲で知られ、戦後は、「白鳥の歌」「イヨマンテの夜」「鐘の鳴る丘」「君の名は」など、幾多の傑作を書いていた。

　裕而は、ハチローの詞を一読し「長崎だけではなく、戦災の受難者全体に通じる歌を」と、グリゴリアン・チャントの旋律を巧みに入れ、「なぐさめはげまし長崎の…」から長調に転じる大きくひろがりのある曲をつけた。

　歌手は正統派の藤山一郎にきまった。

が、録音の当日、風邪で高熱が出て歌える状態ではなかった。断るつもりで、コロンビアレコードへ行ったが、当時は生演奏で吹き込みされていて、楽団全員待機していた。藤山はこの様子を見て、ダメでモトモトのつもりで吹き込んでみた。結果は

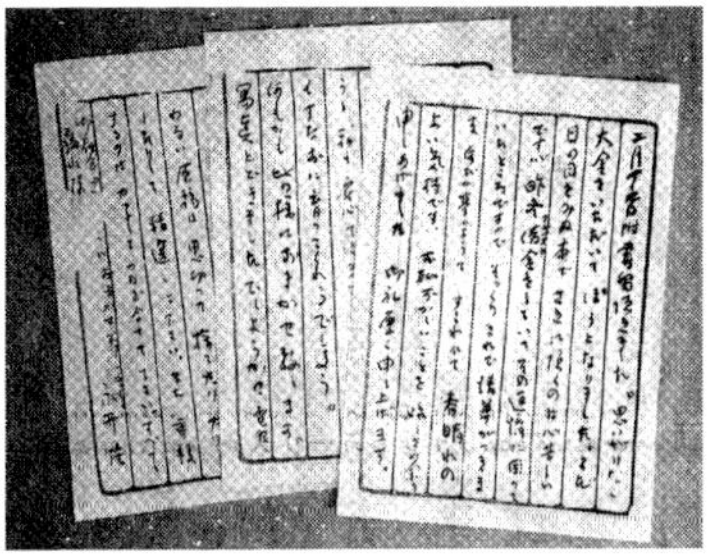

永井隆の自筆の手紙

高熱で息も絶え絶えの歌い方に、悲壮感が滲み出ていて、一発でＯＫになった。

この曲を放送で聞いた永井隆は、さっそく筆で書いた流麗な手紙を、古関裕而に送った。

次のような文面だった。


昨日、藤山さんの歌う、長崎の鐘の放送を聞きました。私たち浦上原子野の住人の心にぴったりした曲であり、ほんとうになぐさめ、はげまし明るい希望を与えていただけました。作曲については、さぞご苦労がありましたでしょう。この曲によって全国の戦災荒野に生きよう伸びようと頑張っている同胞が、新しい元気をもって立ち上がりますよう祈ります。

長崎　永井隆

長崎へ巡業におもむいた折に、藤山一郎はわずか二畳の如己堂で、永井隆一家三人のために、アコーデオンを弾きながら、「長崎の鐘」を絶唱した。

ここには、昭和天皇も巡幸の途路、親しく病床を見舞っているし、三重苦の聖女ヘレン・ケラー、バチカンの法王も訪れていた。

長崎の聖者となった永井隆が昇天したのは昭和二十六年五月であった。遺されたこの子らは、誠一が高校一年、茅乃が小学校四年生だった。現在、誠一は死去し、その子の徳三郎が記念館の館長を務めているが、平成二十一（二〇〇九）年で祖父隆の享年四十三歳に達している。

私は、岡村二一が経営した東京タイムス社に四年間在社し、その折に同紙へ「見たり聞いたり試したり」を連載中のサトウハチローの抱腹絶倒の放談を何回も聞いていた。

出版社から身を引き、もの書きの端くれになってから、古関裕而にインタビューした折には、自伝『鐘よ鳴り響け』に名作曲家の郷里、吾妻連峰と教会を描いたスケッチの横へ、サインもいただいた。

昭和を彩った作曲家は、実に謙虚で控え目のお人柄であった。

『鐘よ鳴り響け』（主婦の友社刊）

古関裕而から著者に贈られたサイン入りスケッチ

激動の昭和を歌で読む

昭和を歌で読む

六十余年にわたった昭和は、日本史上で類を見ない波乱の時代であった。敗戦を挟んで生き永らえた者には、一身にして二生、三生を体験した思いがある。この激動時代を、〝歌は世につれ〟の尺度《パラメーター》で測ってみたらどのようになるだろうか。

かつて私は、昭和の初期、外資系レコード会社によって流行歌が量産されはじめてから、昭和四十五年前後までに歌われていたヒットソングの流れをたどり、エピソード風に『昭和のすたるじい流行歌』（第三文明社）を、刊行したことがあった。

「東京行進曲」（佐藤千夜子）から「悲しい酒」（美空ひばり）あたりまでで、この間には四十年余の隔たりがあった。が、詞とメロディーを口ずさんでみると、そこに込められた心情には、ほとんど変わりが感じられなかった。

社会学者の見田宗介は、この期の流行歌のキー・シンボルを「涙」で捉え、ヒット曲、四百数十曲の中で、もっとも多く使われていた名詞が「涙」であったことを、明らかにしていた。そして、「涙」を彩ったメロディーは、おしなべて「ファ」と「シ」の音を抜いた〝ヨナ抜き〟の五音であった。

この事実は、ヒットした流行歌には、日本人の心の琴線を震わせる詞藻と、マイナーな旋律がセットされた、〝涙腺コード〟が成り立っていることだった。

それが、戦後生まれがレコードや楽器購買層の主流を占め、日本の人口の過半数を超えた昭和の五十年代に入ると、不文律化されていた〝涙腺コード〟離れが明らかになってきたのである。

その分水界は、二十世紀を席巻したビートルズが来日して8《エイト》ビート旋風を巻き起こし、グループ・サウンズが華々しく台頭した頃であった。

昭和初期、外資系レコード会社の叢生《そうせい》や、録音技術の飛躍、ラジオ、蓄音機の普及が進んだ時世を黒船襲来の第一回にたとえると、ビートルズは第二の黒船がやって来たことを物語っていた。

この変遷期にごく短い歳月、私は日本レコード大賞審査員の末席につらなっていた。また、武道館を超満員にしたビートルズ公演のプログラムに乞われて寄稿し、招待席で演奏を聴いていた。

計らずも、流行歌の分水界を目の当たりに見聞するチャンスに恵まれたわけで、拙著『昭和のすたるじい流行歌』の四十五年以降を書き遺したい衝動を、抑えがたくなった。

『昭和のすたるじい流行歌』は、クロニクル的手法でまとめているが、今回は年代に沿いながら各時代を彩ったヒット曲誕生の周辺と、その背景、作詞・作曲者の回想、歌手の動向を交えて、肩のこらない物語風に記述するよう心がけてみた。

ビートルズ来日公演のプログラムに寄稿

大作曲家とのよしみ

平易な歌物語には、ハンディーな本が合うだろうと並製で、構成は次の通りにした。

第一章　昭和は佐藤千夜子で始まった。

第二章　戦時下にも歌は流れた

第三章　焼け跡によみがえった歌声
第四章　歌は時代に寄り添いながら…
第五章　歌い継がれていく昭和の名曲

この大項目の中に、さらに十二、三篇の小項目をたててみた。敗戦後の第三章（昭和二十年から三十年代）を例にあげると、

〝赤いリンゴに唇寄せて…〟／人気を独占した流行歌〝三人男〟／「異国の丘」の作曲で吉田正デビュー／「青い山脈」作曲秘話／天才少女歌手・美空ひばり／朝鮮戦争の特需景気が生んだ歌／国民的人気番組「紅白歌合戦」はじまる／歌に残る〝アメリカ占領の影〟／歌謡界を制覇した十五歳の少女／歌でモンテンルパの戦犯減刑／現代のシンデレラ〝雪村いづみ〟／『君の名は』に銭湯はガラ空き

といった組み立てである。

書くに当たっては、現役編集者時代にインタビューを行った歌手をはじめ、日本レコード大賞審査員の時代に交誼をいただいた作詞・作曲者、歌手などとの写真も臆面もなく掲載することにした。

一例をあげれば、没後、国民栄誉賞を贈られた作曲家の吉田正、遠藤実両巨匠とは、腹を割っ

たよしみを得て、作曲の秘密や歌手を世に出すまでの内輪ばなしを聞いていた。

とくに、世代を共にした遠藤実とは心を許した間柄だった。拙著出版パーティで挨拶を乞うた折には、人を逸《そら》さぬ苦労人は、二歳上の愚生を「兄貴」とたて、

「兄貴は、実《みのる》を信じるというお名前です。私が苦境にあった時、遠藤実を信じて救って下さいました…」

云々と、私が担当した週刊誌の記事で「不掲載」にした一件の恩に言及したものだった。

大ヒットメーカーは、苦境下にあったこの時の恩義に対して、多額の祝金を包み、多忙の中を出席して、心に染みる挨拶を寄せてくれたのである。

著者の出版パーティで挨拶する遠藤実

出版社から身を退き、一介の雑文業になった者には大きな喜びだった。

また、日本作曲家理事長の要職にあった吉田正も出席して、「ジャーナリストとしては、最も古い知り合いでお世話になった」の祝辞を頂戴したほか、『昭和のすたるじい流行歌』には、

「かつてレコード大賞審査員をつとめ、こよなく歌を愛する塩澤実信君のこの本は、昭和流行歌の歩みを深い郷愁とともに思い出させてくれるだけでなく、激動の昭和という時代への熱き鎮魂譜でもある」

との推薦の言葉をいただいていた。

もし、遠藤実が健在であったならば、今回の拙著への推薦の言葉は間違いなくお願いしただろう。残念にも平成二十一（二〇〇九）年師走に、急性心筋梗塞のため、七十六歳で幽界に旅立たれていった。

ヒットの秘密は

その埋め合わせを込めて、『昭和の流行歌物語』の終章は、遠藤実の作品秘話で結んでいる。

鈴木明の明治・大正・昭和の三代の千三曲流行歌から「ベスト100曲選」の著書によると、「青い山脈」をトップに、「くちなしの花」「星影のワルツ」「北の宿から」「影を慕いて」「津軽海峡冬景色」「荒城の月」「北国の春」「瀬戸の花嫁」「赤とんぼ」が十位までの順位になっていた。

遠藤実は、このこの十曲の中の「くちなしの花」「星影のワルツ」「北国の春」三曲の作曲者で、日本人の心の琴線に訴えるメロディーワーカーのダントツを占めていた。

遠藤メロディーのどこに、これほどまでに日本人に好まれる秘密があったのか。彼は私の問いに生前、次のように答えてくれていた。

「僕のメロディーには、『荒城の月』『朧《おぼろ》月夜』、クラシックで日本人には特に好かれている『新世界』第二楽章のラルゴの旋律がかくし味になっています」

彼はつづいて、作曲の原点ともいうべき〝音色〟に言及して、

「作曲家は絵の具をもたない画家です。だから音のことを音色と言うんです。音の色、作曲家にはこの音だけはどうしても使いたいという音があるんです。僕は『ラ』の音ですね」。

「ラ」の音色には、日本人の郷愁をそそる最大のひびきが込められているとされていた。遠藤実は、この「ラ」の音を作曲のベースにした上で、ヒットする曲づくりの要訣《ようけつ》を、

「僕の場合はまず詞ですね。一フレーズでもいいんです。自分の魂をふるわせる詞に出合うことです」

と語ってくれていた。

大ヒットした「くちなしの花」を例にあげると、作詞家の水木かおるが、「言葉をいじくりまわして磨きをかけて…」作曲家のもとに詞を届けたときには、二十回近い推敲の後だったという。水木は、六〇年安保のころ大流行した西田佐知子が歌った「アカシアの雨がやむとき」の作詞者だった。

「僕は一目見て、『ああ、すばらしいな』と思いました。男のやさしさがよく出ている詞でしたが、〝今では指輪がまわるほど…〟というい ちばん光る部分が二コーラスの真ん中あたりに入っていました」

遠藤は、十年間の流しの生活を通して、大衆の心を巧みにつかんでいた。その彼が「くちなしの花」をサッと読んでみて、

「いちばんオイシイところが、二コーラスの真ん中あたりでは、いかにももったいない。アタマにもってきてくれませんか」

と、水木に訂正を頼んだという。

「たしかにあの部分はアタマにはありませんでした『くちなしの白い花、おまえのような…』というあたりも変えました。遠藤さんと話し合って、日当たりのいいところへもっていきましたら、さらによくなったといえますね」

この結果が、いま歌われている冒頭に「今では指輪がまわるほど、痩《や》せてやつれた…」の歌詞になったのである。

遠藤実は、完成した詞を得て、さらに、歌い手が歌には素人の渡哲也であるのをおもんばかり、「できるだけこねくり回さず、曲想をシンプルにして、音域をふやさないよう心がけました」

と、語ってくれている。

そして、それまでの遠藤メロディーが、演歌路線と「高校三年生」などの青春路線二本立てで、赤提灯で歌えても、ブランデー系統の酔いの中では歌えないムードだったので、「なんとしても、モダンなブランデーの世界でも合うメロディーを」の夢を実現しようと志したのだと語ってくれた。

拙著『昭和の流行歌物語』には、このようなエピソードを惜しげもなく挿入している。

『昭和の流行歌物語』（展望社刊）

第五章　マルスに憑かれた時代

それでも日本は「戦争」を選んだ

歴史は数が変える

出版ジャーナリストの仕事柄、多くの新刊に目を通しているが、平成二十一（二〇〇九）年の収穫の一冊は、加藤陽子著『それでも、日本人は「戦争」を選んだ』（朝日出版社刊）であった。中高一貫校の栄光学園の歴史好きの中、高校生十数名に、近代の戦争について講じた日本の近現代史である。

東京大学文学部教授が、柔軟な頭脳の生徒たちを、巧みに挑発しながらプラトンの対話術的手法で、歴史の面白さを語り、聞く者の目からウロコがおちる史観を展開させたのである。特別講義をベースにつくられた本であるから、わかりやすく、本づくりの手もこんでいた。

本文にイラスト、グラフ、欄外に一口メモや、登場人物の肖像、写真を適宜に組み込んでいるため、年号や人名暗記の煩わしさに苦慮して、〝歴史トラウマ〟に陥っている人々にも、容易に近づけさせる魅力に富んでいる。

寄せられた読者の感想を見ると「これはスゴイ本です。こんな切り口、視点があったのかとのオドロキ、目からウロコが何枚も落ちました。胡適のスゴさ。汪兆銘の〝裏切り〟など、歴史はやはり人間が作っているのだと思いました。また、松岡洋右の人間像というか印象が、少し変わりました。平易な文章もいいですね」といった絶賛をはじめ、反響はすばらしい様子。

東大教授の肩書から受けるイメージは、堅苦しいアカデミックさに充ちているが、加藤陽子の講義の手法は、実にリラックスしていた。

たとえば、近代史の原動力になったのが大衆であったことを、次のような例証をあげて説いていく。

「…『歴史は数だ』といった政治家がいます。

具体的な言葉は次のようなものです。

『政治は大衆のいるところで始まる。数千人のいるところでなく、数百万人のいるところで、つまり本当の政治が始まるところで始まる』

政治は数千人が訴えても動かない。数百万人で初めて動く。かなりラディカルですよね。これをいった人は誰だと思いますか？　ヒントは二十世紀前半で亡くなった人です」

加藤教授のこの問いかけに、生徒は日本人、アドルフ・ヒトラー、ウッドロー・ウィルソンなど、かなり歴史に通じた答をする。それに対して、加藤はロシア革命の中心人物レーニンの名をあげ、彼がこう断言した理由を戦争の犠牲者の数が圧倒的になった時、そのインパクトが、社会を決定的に変えてしまうと説明した上で、「不磨（著者注・永久に不滅）の大典とされた大日本帝国憲法が、敗戦後に新憲法に変わったのは、太平洋戦争における犠牲者が三百十万人だ。それで新たな憲法を必要とした」と、世に語られているＧＨＱ介在説にとらわれない考えを披露するのである。

日本切腹、中国介錯論

加藤陽子の『それでも、日本人は「戦争」を選んだ』には、最新の研究成果や、近現代史を彩った重要人物の日記、書簡、手記など、新発見の資料が巧みに引用されていた。

戦後、猖獗《しょうけつ》をきわめた唯物史観や、昨今、台頭している自虐史批判派に一線を画していて、当然、それらの一派から反発の狼煙《のろし》が上っていた。

だが、一読したところ、加藤陽子が掘り出し、新しい資料で構築した論の展開は、刮目《かつもく》に価していた。

　とくに、私には日本を破滅に追い込んでいった〝夜郎自大《やろうじだい》〟らが操《あやつ》った満州事変から太平洋戦争へと至る十五年戦争の新資料に、教えられるところが多かった。

　一例を挙げると、昭和八（一九三三）年三月二十七日、国際連盟の立て役者、松岡洋右全権は、満州事変をめぐって、リットン報告が日本に好意的ではないとして、強硬姿勢を貫き「さよなら」演説を最後に、脱退したと教えられていた。

　ところが、松岡全権は時の外相内田康哉に、次のような長文の電報を脱退前に行っていたと、加藤教授は教えていた。

「申し上げるまでもなく、物は八分目にてこらゆるがよし、いささかの引きかかりを残さず綺麗さっぱり連盟をして手を引かしむるというがごとき、望みえざることは、我政府内におかれても最初よりご承知のはずなり。（中略）一曲折に引きかかりて、ついに脱退のやむなきにいたるがごときは、遺憾ながらあえてこれをとらず、国家の前途を思い、この際、率直に意見具申す」

　この電文を知ると、松岡洋右は典型的なナショナリストではなく、国際感覚にすぐれた政治家だったと、訂正する必要がある。

　日本はこの後、ほどなく支那と呼んでいた中国に〝暴支膺懲《ぼうしようちょう》〟（筆者注・驕《おご》る支那をうちこらしめる）を叫んで北京郊外の盧溝橋で戦争を始めたわけだが、加藤教授は、当時、駐米国大使だった中国の胡適の卓抜した外交戦略と先見性を、最新の発掘史料から明らかにしていた。

北京大学の社会思想の教授から、駐米国大使になった胡適は、日中戦争が始まる前に、『日本切腹、中国介錯論』を唱えていたとの新説であった。

頭脳明晰《めいせき》だった胡適は、当時の世界情勢を分析して、中国はアメリカとソ連の力を借りなければ、極東の強国日本には勝てないと見ていた。しかし、アメリカは海軍を増強中、ソビエトは第二次五カ年計画に奔走中で、中国への援助は望むべくもなかった。

日本軍閥は中国のこの弱点（ウィークポイント）を知っていたから、米ソの軍備が完成しないうちに、中国へ戦争をしかけるだろうと、胡適は分析した。

事実、昭和十二（一九三七）年七月七日、日中戦争が始まり、日本軍は破竹の勢いで、中国大陸に戦野を拡大していった。胡適は、この現実を前に「アメリカとソビエトを介入させるためには、まず中国が日本との戦争を正面から引き受け、二、三年間は負けつづけることだ」と考えたのである。

そして、見事に練りあげられた学者大使の『日本切腹、中国介錯論』に、導いていくわけだが、その触りは次の通りだった。

「中国は絶大な犠牲を決心しなければならない。（中略）我々はこのような困難な状況下におかれても、一切顧《かえり》みないで苦戦を堅持していれば、二、三年以内に次の結果が期待できるだろう。

（中略）満州に駐在した日本軍が西方や南方に移動しなければならなくなり、ソ連はつけ込む機会が来たと判断する。世界中の人が中国に同情する。英米および香港、フィリピンが切迫した脅威を感じ、極東における居留民と利益を守ろうと、英米は軍艦を派遣せざるをえなくなる。太平洋の海戦がそれによって迫ってくる」

胡適は、見事なまでに世界情勢の推移を読み切っていたと見て間違いない。

その結論は、水ぎわだっていた。

「以上のような状況に至ってから、はじめて太平洋での世界戦争の実現を促進できる。したがって我々は、三、四年の間は他国参戦なしの単独の苦戦を覚悟しなければならない。日本の武士は切腹を自殺の方法とするが、その実行には介錯人が必要である。今日、日本は全民族切腹の道を歩いている。上記の戦略は『日本切腹、中国介錯』というこの八文字にまとめられよう」

いまから八十年前に、胡適は自国と日本の前途をこのように分析していたのだ。それを露知《つゆ》らぬ軍閥や為政者は、賢人の予言そのままの道へつっ走っていたのだった。

日支開戦の頃、小学生だった私たちは、南京陥落の祝いの夜、小旗を振り「暴支膺懲、空陸海に、連戦連勝…」と歌わされて田舎道を練り歩かされたものだった。いまも鮮明に覚えている。

結果からみれば、「暴日膺懲」にほかならなかったのだが…。

そして八十余年後のいま、日中関係は、厳冬の期に入った感がある。

情報操作時代の言論不自由

言葉を封じられて

犀利《さいり》な評論で活躍した山本七平は、日本軍の最大の特徴を、「言葉を奪ったことである」と看破している。

建軍以来、官僚制の堅固な砦を築き、あらゆる異端・偶然の要素を、徹底的に排除しつづけた閉鎖集団の行きついた果てであった。

軍は、自らの組織ばかりか、権力を笠に着て、国民からも言葉を奪いとった。下剋上は一切許さず、上からのバイアスをかけたご都合情報のみを垂れ流し、国を破滅へと追い込んでしまったのである。

煩雑なそしりをまぬがれないが、権力側が国民から自由な言葉を奪っていった経過を、言論統制の法令の主だったものを追ってみよう。

軍機保護法（明治三十二年）、新聞紙法（明治四十二年）、不穏文書臨時取締法（昭和十一年）、国家総動員法（昭和十三年）、軍用資源秘密保護法（昭和十四年）、新聞事業令（昭和十六年）、言論出版集会結社等臨時取締法（同）、国防保安法（同）、重要産業国体令（同）、戦時刑事特別法（改正法・昭和十八年）……

このうち、新聞取り締まりの中心となって、〝無冠の帝王〟であるべき新聞記者と、その発表の舞台である新聞を、徹底して苦しめたのが、明治四十二（一九〇九）年に公布された「新聞紙法」であった。

同法には「内閣大臣ハ新聞紙掲載ノ事項ニシテ安寧秩序ヲ紊《みだ》シ……」云々の項目があり、お上が「安寧秩序を紊し」と判断したとたんに記事の掲載を禁止、もし掲載した場合には発禁処分ができた。

その日の風向き、お天気具合、解釈次第でいくらでも拡大できる悪法で、軍事はもとより外交、財政、経済、政変など、いやしくも「安寧秩序」を紊《みだ》すとみるや、処分はいとも簡単にできる恣意的な法令だった。

蟻のはいだす隙もないほどの言論統制に加えて、さらに世界最悪のその上をおおっていた。

国体の変革、私有財産制度の否認を目的とする結社活動・個人行為に対する罰則を定めたこの法律は、大正末期に制定されたのち、太平洋戦争の始まった十六年に全面改正され、違反者には極刑主義で臨むまでになっていた。

この流れの中で、天皇制を批判する本や、マルクス主義、自由主義の匂いのする内容のものは、片っぱしから発禁に追込まれていった。

一例をあげると、昭和十三年に日中戦争に従軍したあとで書いた『生きてゐる兵隊』で作家の石川達三は発禁処分をうけた。その折、特高（特別高等警察の略、旧警察制度で、政治思想関係を担当）に家宅捜査も受けたが、石川家の書斎の思想的に左がかった本のすべては持ち去られた。

「その中に、スタンダールの『赤と黒』も入っていてね。文学の素養もない彼らは、赤という文字さえ危険だと思ったんだろうねぇ」

戦後になって、石川自身の私への述懐だった。

フランス文学の傑作『赤と黒』でさえ没収していった権力者側は、その一方で、日本国民すべてを〝天皇の赤子〟と決め、醜《しこ》のみ楯《たて》になることを義務づけていた。

虎の威を借りた軍部が、マスコミの雑誌や書籍に望んだのは、〝精神的な弾薬〟の役割だった。

日中戦争がたけなわになった頃、彼らは欧州大戦下でドイツ政府が国民に向かって、「軍用書籍雑誌資金」を募集した折の、次のような趣意書を、紹介していた。

「雑誌、書籍は戦友である。雑誌、書籍は我が陸海軍将兵の精神力を意味する。塹壕《ざんごう》に、艦艇に、軍に慰安として役立っただけでなく、実に戦場と故郷をつなぐ橋となり、将兵の心に祖国の心を渡してやるものである。その種類の物語なると、修養書なると、その内容の軽快なると重硬なるとを問わず、雑誌、書籍は心を悦ばしめ、悲痛を払い、塹壕の寂寥を陽気ならしめ、病院の陰鬱を晴れやかしめる。されば雑誌、書籍は精神力を強める武器である。而して勝利を決するものは精神力である」

操作された大本営発表

市井に出回る書籍や雑誌に〝精神的な弾薬〟――精神力をつよめる武器としての役割を求めた軍部は、その一方、戦況を国民に報告する大本営発表を操作し、誇大な戦果を際限なく垂れ流していった。

ちなみに、大本営発表がされるまでの手順は「おおむね次の通りだった」と、大本営海軍参謀だった奥宮正武中佐は述べている。

「まず、敵と交戦した部隊が、その戦果と被害を所属の部隊長に報告する。それを受けた上級部隊長はそれをチェックしたのち、さらに上級の部隊長に報告する。こういうことが繰り返されて最終的には、海軍では連合艦隊司令長官に報告されていた。そして、連合艦隊司令長官は各部隊からの報告を総合してそれを大本営海軍幕僚長（軍令部総長）に報告することになっていた。もちろん、関係各部に同時にわかるように戦闘速報や戦闘概報が通報という形で無線で送られていた。それらの報告の要旨が、大本営海軍部の作戦部から報道部に通報されて、大本営発表となっていた」

太平洋戦争開戦へき頭の真珠湾奇襲を例にとると、発表の原資料は当然、攻撃に参加した搭乗員からの報告であった。第一次攻撃隊一八三機、四一二人、第二次一六七機、三五三人、総計三五〇機、七六五人の日本海軍航空部隊、最精鋭による決死的奇襲による戦果は、撃沈、戦艦五隻、軽巡洋艦一、機雷敷設艦一、標的艦一をはじめ、航空機の完全喪失一八三機、使用不能二九一機、艦船の大破、中破が、戦艦三隻を含む一一隻に上った。

これに対して日本海軍の損害は、戦闘機九機、艦爆機一五、艦攻機五、艦船は特殊潜航艇五隻という、ケタ違いの軽微さだった。

大本営海軍部は、この報告にもとづき、昭和十六年十二月八日午後八時四十五分、次の通りの発表を行った。

本八日早朝海軍航空部隊ニヨリ決行セラレタル「ハワイ」空襲ニ於テ現在マデニ判明セル戦果次ノ如シ
戦艦二隻轟沈、戦艦四隻大破、大型巡洋艦四隻大破
以上確実、他ニ敵飛行機多数ヲ撃墜撃破セリ、我方ノ損害ハ軽微ナリ

実際の戦果よりも、過少と思える報告で、これは勝ち戦さにある余裕と、攻撃に参加した搭乗員からの報告を、慎重にチェックして正確を期した上の、発表だったからだ。

わが方の損害を、きわめて軽微とする発表は、太平洋戦争の四年間を通して、常に変わらない方式であった。

ところが、日本が不利な状況に追い込まれるに比例して、大本営発表の操作は顕著になっていった。

その最初が、ミッドウェー海戦だった。日本海軍は、この海戦で、大型空母の加賀、蒼龍、赤城、飛龍の四隻と大型巡洋艦三隈を失い、同最上が大破、ハワイ攻撃以来の歴戦の航空機二八五機、および熟練パイロット百余名を失った。

海軍は、この大敗を極秘とし、昭和十七年六月十日午後三時三十分の大本営発表では、次の通りに伝えたのだった。

東太平洋全海域ニ作戦中ノ帝国海軍部隊ハ六月四日アリューシャン列島ノ敵拠点ダッチハーバー並ニ同列島一帯ヲ急襲シ四日、五日両日ニ亘リ反復之ヲ攻撃セリ。一方同五日洋心ノ敵根拠地ミッドウェイ島ニ対シ猛烈ナル強襲ヲ敢行スルト共ニ、同方面ニ増援中ノ米軍艦隊ヲ捕捉猛撃ヲ加エ敵海上及航空兵力並ニ重要軍事設備ニ甚大ナル損害ヲ与ヘタリ。（中略）現在迄ニ判明セル戦果左ノ如シ。

一、ミッドウェイ方面
（イ）米航空母艦エンタープライズ型一隻及ホーネット型一隻撃沈
（ロ）彼我上空ニ於テ撃墜セル飛行機約百二十機
（ハ）重要軍事施設爆破
（ニ）ダッチハーバー方面（略）
三、本作戦ニ於ケル我ガ方損害
（イ）航空母艦一隻喪失、同一隻大破、巡洋艦一隻大破
（ロ）未帰還飛行機三十五機

アメリカ側の損害は、空母ヨークタウンの一隻と、駆逐艦ハンマン一隻が撃沈され、飛行機百五十機を喪失していた。ところが、彼らはこの大勝の戦果発表には、

「空母二ないし三を撃沈破、他の一ないし二空母を大破せしめたるものとみられる」

というごく控えめの発表をし、ニミッツ太平洋艦隊司令長官が、次のような声明をつけ加えていた。

「真珠湾の復讐は、一部成就された。しかし、完全な復讐は、日本海軍が無能力になるまでは達成されないだろう。その方向にむかって、われわれは重要な前進をした。

われわれはいまや、目標のなかば（ミッドウェー）に達したといっても、それは認められるだろう」

日本にとっては、ミッドウェーどころか、太平洋戦争の海の帰趨は、この一戦で決まったと言ってよかった。

米海軍潰滅す？

大型空母四隻と、その搭載機の全部。そして熟練の歴戦パイロットを一挙に喪《うしな》った日本海軍は、潰滅の瀬戸際に追い込まれた。

攻撃の錬度が落ちたのに加え、大空を覆うかと思う猛烈な対空砲火をかいくぐって、敵艦に接近できる幸運の機は、十機のうち一機にも充たない状態になってしまったのだ。

攻撃がままならない厳しい状況下では、当然、戦果の確認はいちじるしく困難になる。母艦や基地に帰投し報告を求められたとき、その場の空気に合わせた架空の戦果が、しばしば報告されるようになったのである。

この結果がもたらしたのは、昭和十八年十一月五〜十七日にわたるブーゲンビル島沖海軍航空作戦と、それにつづく十一月二十一〜二十九日のギルバート沖海軍航空機の大戦果であった。

数次にわたる大本営海軍部の発表をトータルしてみると

撃沈、戦艦三、航空母艦一四、巡洋艦九、駆逐艦一、その他四

撃沈、戦艦二、航空母艦五、巡洋艦三、駆逐艦六、その他三

という、まさにアメリカ艦隊を一気に潰滅させた大戦果となっていた。

ラバウルの第八方面軍の今村均大将は、この〝太平洋戦争史〟に残る〝虚報〟を信じて、

「いまこそ戦機なり、直ちにタロキナに上陸せる米海兵師団を撃滅せよ！」

と、軍参謀をブーゲンビル島に派遣し、作戦を指揮させたのだった。

さらに、日本海軍大捷の大本営発表は、外電となって世界中に飛び、スウェーデン、スイス、スペインの日本公使館の外交官および駐在武官は、欣喜雀躍の体で祝電を、本国に向け打電し

てきた。

スウェーデン駐在公使からの祝電は、海外の空気を次のように伝えていた。

「打続クブーゲンビル航空機ノ赫々タル戦果ハ、当地新聞ニモ掲載セラレ、当初日本側ノ虚偽ノ宣伝ナリトナセル、ノックスノ芳シキ声明モ影ヲヒソメ、敵側ハ味方ノ大敗ニ対シテハ専ラ沈黙ヲ守リオルトコロ、米国ニオイテハ大敗ノ報ニ追々騒ギ出シ始メタル模様。（中略）日本側情報ガ正シイトスレバ米海軍ノ大部分ハ死セルモノトナルトシ、ニューヨークノ取引所ハ大敗ノ報ニ影響セラレ、相場著シク下落セリ。右ハハルゼー提督ノ艦隊ガ事実上全滅セルトコロナリト解釈セラルル。（後略）」

また、東京駐在のドイツ大使・オットー将軍は、ベルリン政府にあてて、日本軍が撃沈したものと考えていたハルゼー海軍大将の麾下の損失を総計し、「戦艦五、航空母艦一〇、巡洋艦一九、駆逐艦七、輸送船九隻　撃沈」と報告打電していた。

日本側の情報が正しいとすれば、まさに慶賀のいたりであった。が、実際の成果は、撃沈、魚雷艇一、上陸用輸送艦一。撃破、軽巡洋艦二、上陸用輸送艦一といった、大本営発表の数十分の一にも充たないものだった。これに対し、日本側の損害は、ブーゲンビル島沖航空機だけで、一七三機のうち一二一機未帰還の損耗率七〇パーセント、搭乗員三六三名のうち一八一名戦死の大損害をこうむっていたのである。

架空の戦果にしても、事実とは雲泥の差がある報告が、なぜもたらされ、それを鵜呑《うの》みにして世界に発表した大本営の迂闊さが、笑われたところだった。

熟練のパイロットですら、生と死の極限に立たされたとき、正常な心理ではありえない。まして練度の低い、未熟な搭乗員では、敵戦闘機と針ネズミのような米艦隊の対空砲火をかいくぐって、狙った艦に接近することは難しい。勢い、対空砲火の手薄な非戦闘艦に爆弾を投下して、ほうほうの体で帰還を急ぐことになろう。

そして帰投後、戦果の報告を参謀にするとき、「戦果ゼロ」とはいい難い。このあたりの経緯を、元大本営の情報参謀だった堀栄三は次のように述べていた。

「とにかく航空戦では、どうやら帰還した飛行士の報告を司令官や参謀たちが、『そうか、ご苦労』と肯《うなず》く以外に方法がないようだ。陸軍の陸上の戦闘や、海軍の海戦では指揮官が自ら戦闘に臨んで、自分の目で見ているが、航空戦では司令官も参謀も誰一人戦場にいっておらず、何百キロも離れた司令部にいるから、自分の目の代わりに帰還飛行士の声を信用する以外に方法がないようだった」

外電や、敵側の放送を傍受していれば、アメリカ太平洋艦隊が一挙に、海底に沈むようなことがあったら（その事実をストレートに伝えないにしても）、かなりの打撃をこうむったといったニュアンスの情報はつかめるはずだった。

ブーゲンビル島沖航空戦のときは、陸軍特殊情報部が、サンフランシスコ放送、ブリスベーン放送など、傍受した敵側の放送から、大本営発表とまったく逆の戦果をつかんでいたという。軍の上層部や大本営参謀に、国民に対する「知的正直さ（インテレクチュアル・オネスティ）」が針の先ほどもあったら、誇大報告発表を訂正する手段はあったはずである。

だが、国民にただ〝聞くな・見るな・話すな〟の「三猿主義」をとっていた権力側は、このデタラメの大戦果を垂れ流し、自らも束の間、酔い痴れていたのである。

太平洋戦争下、豊かな国際感覚と、リベラリズムに裏打ちされた、辛辣な「暗黒日記」を書きつづけた外交評論家、清沢洌でさえ、

「……ブーゲンビル島沖合の戦争で戦果をあげた。喜ばしい。だが一面からみれば第一戦のラバウル近くに敵の主力が伸びて来たことを示すものである」

と、書きのこしていたほどだ。

台湾沖航空戦の大戦果

清沢洌のこの件は、昭和十八年十一月七日であるが、ほぼ十一カ月後の翌十九年十月十六日（月）の日付には、

「行列が街に蜿蜒と続く。新聞を買わんがためだ。大体近頃の風景だが、特に今日、長いのは十二日夜半、十三日薄暮、十四日昼間、同薄暮の三日間にわたる戦果の詳報を知らんがためだ。街の人々がいかに捷報に飢えているかを知るに足る」

と、簡潔に述べられていた。

太平洋戦争の敗色も深まる秋に、街に蜿蜒と行列をつくらせた新聞記事とは、国民を狂喜させた大本営海軍部発表の「台湾沖航空戦」の大戦果だった。

三日間にわたる戦果の詳報とは、次の通りだった。

十四日十七時発表

我ガ航空部隊ハ引続キ台湾東方海面ノ敵機動部隊ヲ猛攻中ニシテ、現在マデニ判明セル戦果（既ニ発表セルモノヲ含ム）左ノ如シ。

轟撃沈　航空母艦三、戦種不詳三、駆逐艦一

十五日十時発表

台湾沖東方海面ノ敵機動部隊ハ、昨十四日夜東方ニ向ケ敗走中ニシテ、ワガ部隊ハコノ敵ニ対シ反復猛攻ヲ加エ、戦果拡充中ナリ。現在マデニ判明セル戦果（既発表含ム）左ノ如シ。

轟撃沈　航空母艦七、駆逐艦一
既発表ノ戦種不詳三ハ航空母艦ナルコト判明セリ
撃破　航空母艦二、戦艦一、巡洋艦一、戦種不詳十一

十六日十五時発表
台湾沖航空戦ノ戦果累計次ノ如シ。
轟撃沈　空母十、戦艦二、巡洋艦三、駆逐艦一
撃破　空母三、戦艦一、巡洋艦四、戦種不詳十一

清沢洌は、しかし翌日の日記に、冷静な判断を匂わせて、次のように記した。
「この戦果(台湾東方およびマニラでの戦闘結果)に対し、小磯首相は談話を発表したが中に『ことに今回の戦闘に陸の雷撃機隊も参加し、陸海に一丸となって勇躍健闘、この戦果をあげたことは特筆大書さるべきことである』といっている。
国家存亡の時期に当り、陸海軍が一緒に戦争をすることが、どうして特筆大書さるべきことなのか、こうしたことを総理大臣がいうことが、特筆大書すべきことであろう。(中略)
この戦果に新聞はいずれも全面を割いて、士気昂揚につとめている。

『史上稀な大戦果』（「朝日」）というような言葉が久しぶりに出る。かつては『史上未曾有の』とか『神人共に泣く』といった形容詞が毎日出たものであった。

敵の損害は大体に『五十万トンと二万六千名失う』（「朝日」）計算だという。

ただ問題は、
一、日本側の損害は発表に一切触れていない。
二、敵の発表は、日本側の与えた損害を誇大に報じている。
ことである。将来、この辺の事情が明らかになろう。海軍はその発表が大体に良心的であった（後略）」

真相を知らない国民は、大本営発表の大戦果に狂喜し、久々に溜飲をさげた思いにひたった。

数日間は、ラジオから「軍艦行進曲」が鳴りひびき、速成のニュース歌謡『台湾沖の凱歌』が、サトウハチロー作詞、古関裕而作曲でつくられ、近江俊郎らによって、高らかに歌いあげられた。

沈みし戦艦　その数かぞえみよ
五十八機動部隊　殲滅だ見よや
……

昭和天皇は、戦果上奏を聞くや「良クヤル」と、嘉賞の微笑をうかべたと伝えられている。

日本が国をあげて、大勝気分に酔っている頃、ハルゼー海軍大将は、ハワイのニミッツ太平洋方面総司令官宛に、次のような報告を打電していた。

「東京放送が全滅と報じた第三艦隊は、全艦海中より引き揚げられ、敵に向かって退却しつつあり」

勝者の余裕と、シニカルなユーモアさえにじませた、見方によっては徹底的に日本海軍を愚弄した報告といえた。

大本営発表では、アメリカ太平洋艦隊はほぼ全滅——朝日新聞の試算では、五十万トンと二万六千名の将兵が、海の藻屑と化しているはずだったが、実際には重巡洋艦「キャンベラ」と「ヒューストン」二隻が大破しただけにとどまった。

邪魔者は消せ！

大本営発表の嘘と、アメリカ側が明らかにした実との間に、文字通りの雲泥の差が生じた原因の第一は、繰り返すが、実戦に未経験の錬度の低いパイロットが、海面着弾を命中と見誤ったり、僚機の被弾自爆、あるいは撃墜されたのを、敵艦の轟・撃沈と誤認したことにあった。

さらに、基地に帰投後の戦果報告で、その場の空気に押されての誇大報告を避けられなかったこと。実戦の体験をもたない高級参謀たちが、その誇大報告に輪をかけた情報操作を行った上で、大本営発表した帰結であった。

大本営は、台湾沖航空戦の一年数カ月前にミッドウェー海戦の大敗を、隠蔽するため公然たる情報操作を行なった。その最初の釦のかけ違いが災いして、負け戦が続くうちに、噂の上塗りはますます激しくなり、ついには、国家の名誉にまで傷を残す〝虚偽本営発表〟になってしまったのである。

その発表を、鵜のみどころか、さらに美辞麗句をあやつって膨らませ、鳴りもの入りで報道しつづけたのが、ラジオ、新聞、そして雑誌だったのだ。

太平洋戦争下の日本のマスコミが、哀しいほどに軍部に迎合したのは、数々の言論統制で、目も口も封じられたる上、謀反の動きがあるとみるや、紙の配給をストップされ、検閲を強化されて、発禁処分を受け、発行物を廃刊に追い込まれてしまうことへの自己防衛からだった。

現に、明治・大正期から、日本のオピニオン・リーダーの役割を背負ってきた総合雑誌「中央公論」「改造」の二誌は、十九年七月十日に、

「戦時下、国民の思想指導上許しがたい事実がある」という理由で、自発的に廃業に追い込まれて行った。

直接の引き金は、「改造」の十七年八・九月号に連載された細川嘉六の『世界史の動向と日本』

の筆禍事件だった。飛ぶ鳥を落とす勢いだった、当時の陸軍報道部長・谷荻大佐は、細川論文を出版法にひっかけた理由と、さらに検閲強化を急がねばならないことを、次のように論じていた。

「雑誌の検閲、これは警保局か情報局でやっておられますが、その組織はうんと拡大拡充の要がある。戦争が長期に亘るということになればアメリカ、イギリスそのほかの国からの謀略や思想攪乱というようなことが熾《さか》んになってくるわけです。これは雑誌、書籍の検閲という方面をもう少し強化しなければ危ないんじゃないかと思うんです。

新聞などは、沢山の人でやっていますが、雑誌、書籍の方面の検閲というものは、そうした組織上、非常に欠陥があると思ってこの強化を希望せざるを得ない。今月の『改造』九月号の細川嘉六氏の『世界史の動向と日本』、これは共産主義の宣伝でしょう。手ぬかりです。(中略)

これから後の長期戦には思想戦的の国内体制というものは非常に強化されなければならない。その思想戦の一番の有力なる武器である新聞、雑誌、書籍というものに対して国家として負うべき責任というものはよほど重大に考えなければならない。したがって検閲や推薦に関してももう少し権威ある期間を設けてやってもらいたい。推薦の仕方、検閲のやり方如何によって国家の思想的——思想戦上における国家の運命にまで関係するということを考えてもらいたい。……」

言論は頭から取り締まるべきもの、国家体制に従わぬものは情け容赦なく淘汰するという、権力者側の夜郎自大の驕慢さが横溢した言辞であった。

細川論文は、さらに太平洋戦争下、言論圧殺の陰惨な「横浜事件」へと連動していった。受難者の一人、当時「日本評論」編集者、美作太郎は、次のように回想していた。

「『横浜事件』というのは、東京を中心とする三十余名の言論知識人が、横浜地方検事局思想検事の勾引状を携えた神奈川県の特別警察陣によって、検挙投獄された事件の総称であり、被検挙者の所属は、研究所員や評論家を含めた主として編集者よりなり、ジャーナリズムであるところに特徴があった。

従って事件は多岐に分れ、その間の連関は極めて乏しく、むしろ複数のケースを時間と地域の同一性から『横浜事件』と総称しただけで、強いてこれらの事件の共通性を求めるならば、それは増大する戦況の不利と、国内情勢の不安とのために凶暴化した天皇制警察が、軍国主義的絶対権力を笠に着て、ジャーナリズムの抵抗線に襲いかかったという事実のなかに見るほかはないであろう」

竹槍記事の報復

日本を代表する総合雑誌と、良識ある編集者・ジャーナリストを、いとも簡単に逮捕した権力側は、意に添わぬ新聞社や、記者も、それ相応の報復を行なっていた。

その最も象徴的な事件が、毎日新聞の「竹槍記事」だった。もとをただせば、陸海軍の争いが根になって発生した事件だった。

ことの起こりは、十九年二月二十三日の毎日新聞、朝刊第一面に、

「勝利か滅亡か、戦局はここまで来た、敵の鋏状侵寇」

という三本立ての戦局解説だった。

その中に、次のような一文があった。

「太平洋の攻防の決戦は日米の本土沿岸において決せられるものではなくて、数千海里を隔てた基地の争奪をめぐって戦われるのである。本土沿岸に敵が侵攻し来るにおいては最早万事休すである。ラバウルにしよ、ニューギニアにせよ、わが本土防衛の重要なる特火点たる意義がここにある」

と説き､故に「竹槍では間に合わぬ。飛行機だ。海洋航空機だ」の論を展開していた。唐突に、ここに〝竹槍〟で出てくるのは､当時の風潮として「竹槍三十万本あれば外敵怖るるに足らず」といった時代錯誤もはなはだしい荒木貞夫陸軍大将らに代表されるノーテンキ発言が、幅をきかせていたからである。

ところが、この記事を読んだ首相兼参謀総長の東條英機は、激怒した。彼は「これは、大本営の戦況発表をうたがわせ、国民を敗戦主義に追いやるものだ！」といきまき、情報局に命じて、発禁処分をとらせた上、陸軍省を通じてその筆者の処分も迫ったのである。

『毎日新聞七十年』をひもとくと、その件は次のように述べられている。

「……陸軍当局の筆者問合わせにたいして、新名丈夫氏（注・政経部海軍担当）の名を返事した。新名氏は、進退伺を提出したが却下され、かえって吉岡文六編集局長から特賞を受けた。陸軍当局は、筆者の処分をくりかえし迫ったが、本社ではそれを拒否しつづけ、三月一日吉岡編集局長、加藤茂同次長の両氏が、一切の責任を代表して、ともにその職を退いた。しかし、問題はそれではすまなかった。海軍当局は、海軍当局の指導記事であるから責任は海軍当局にあると陸軍当局に申し入れる一方、東條首相が他の場合にもちいている手段、すなわち『懲戒的召集』にでることを予想して、それに先手を打って新名氏を海軍報道班員として徴用することになった。その手続きの直後、新名氏の本籍地から召集令状がきた。そして、新名氏の身柄をめぐって陸海軍当局が正面衝突、事件は中央から地方にまたがって、召集取消、再召集、現地部隊の独断除隊などとめまぐるしく展開していた」

東條の私怨による、必死の戦場送りが、言論関係の一介の新聞記者の上にふりかかってきた典型的な一例だった。元憲兵大佐・大谷敬二郎は、『昭和憲兵史』の中で、東條の卑劣な報復手段にふれ、次のように書いている。

「気にいらぬ奴はすぐ弾丸のあたる戦場に追っ払えという、まことに卑劣なやり方だった。〝いくさに行くのが嫌なら、おとなしくいうことを聞いておれ〟といった調子の報復は、これらの言論人だけでなく、文化人、学者、技術者、役人にまで及んで、人々を痛憤させていた」

この「竹槍記事」には、さらに理不尽な後日談があった。当の新名丈夫は、戦後「竹槍記事」を回想して、万感の思いをこめて次のように述懐している。

「私は大正年間に徴兵検査を受けた。戦争がはげしくなるとともに次第に老兵が召し出されてはいたが、当時はまだ大正の兵隊は一人も出されていなかった。『大正の兵隊をたった一人とるのはどういうわけか』と海軍にねじこまれた陸軍は、つじつまをあわせるために、大いそぎ大正の兵隊を丸亀連隊に二百五十人招集したという」

新名は結局、海軍の抗議で丸亀連隊司令部独自の判断により、召集解除となった。そのとき、連隊本部の将校はひそかに「約一週間のちに再召集の命が下るから、内地にいない方がいい」と新名に注意をうながしたという。

東條の陰険執拗にわたる報復を先刻承知の海軍は、新名丈夫をただちに海軍報道班員に徴用して、フィリピンに派遣してしまったのだった。

「はたせるかな約一週間ののち部隊は再召集になり、その大部隊は硫黄島で全滅してしまったという話である」

新名丈夫のとばっちりで、軍隊の得意とする員数合わせの召集を受けた大正の老兵二百五十人こそ、いい面の皮だった。彼らは、竹槍の記事に激怒した東條首相兼参謀総長の報復で、玉砕の島送りとなって、生きて還れなかったのである。

清沢洌は、十九年三月六日（水）の日記にこの件を詳細に綴った上で、「この話ほど、東條の性格、陸軍のやり方、陸海軍の関係を、いみじくも画き出しているエピソードはない。ことに、極端なる御用の『毎日新聞』だから興味は一層に深いものがある」と、結んでいた。

日頃、権力側に迎合した御用新聞ですら、権力者の逆鱗にふれたとなると、書いた記者はむろんのこと、編集局長、時には発行紙（誌）さえ廃刊に追い込まれてしまうのが、太平洋戦争末期の実情だったのである。

日本の国民を塗炭《とたん》の苦しみに陥れ、言論を圧殺しつづけた軍官権力の象徴――東條内閣は、十九年七月二十日、総辞職した。

清沢日記のその日には、「この日本を不幸に陥らせた責任内閣は」閣内不統一による内輪割れで崩壊した旨を記し、付和雷同する国民に対しても、強い批判の言葉を書き残していた。

「サイパン――東條内閣崩壊――当局者に対する反感――一緒になって騒いで置きながら、戦争が不利となれば国民は必ず不平をいおう。ここに大東亜戦争は一転機を画す。七月二十日は記憶すべき日になろう。

さるにしても、これくらい乱暴、無知をつくした内閣は日本にはなかった。結局は、かれを引き廻した勢力の責任だけれども、その勢力の上に乗って戦争をしていた間は、どんな無理でも通った。しかるに参謀総長をかねて、掣肘《せいちゅう》この努力の上に加えるに至って、ひとたまりもなく振り落とされたのである。

かつて参謀総長兼任をもって、政戦一致といって太鼓を叩いた新聞は、また『絶対信頼の梅津大将』とか『ひたすら作戦一途征戦完遂』などと、お世辞をいっている」

当時を代表する朝日新聞は、一週間の内三日間は、ただの二ページの誌面を割いて、国民の士気を鼓舞する激越な言辞を、並べたてていた。

「一億試練の時」「南溟の仇を報ぜん」「急げ輸送の隘路の打開」「怒りの汗に滲み職場離れぬ学徒」「津々浦々に滅敵の誓」などである。

そして、言論統制を断行し、国民の眼と耳をふさぎ、口を封じた軍部は、負けたのは、「兵器不足に基因」と、自らの行なった数々の愚行を棚にあげ、早くも遁走の逃げを打ちはじめたのである。

日本のいちばん長い夏

ドラマ化された国辱の日

〝日本のいちばん長い夏〟は大日本帝国を僭称《せんしょう》していた日本が連合軍に無条件降伏した昭和二十（一九四五）年の八月十五日である。

平成十年のＮＨＫハイビジョン七月三十一日には、夜八時から二時間このタイトルで戦争に敗れた夏に何があったのかを、ドラマ化し放映していた。ドラマを見た人々は国の中軸にいた者たちの、あまりにも無為無策に、唖然とされたにちがいない。

ドラマ化の元になったのは、元文藝春秋編集者で、〝昭和史の語り部〟半藤一利がまとめたマンモス座談会だった。

「文藝春秋」昭和三十八年八月号に掲載された特集座談会で、出席者はなんと三十人！　敗戦当時、政治や軍の中軸にいた人から、最前線で戦い、捕虜となっていた者、獄中十八年の思想犯、沖縄戦の従軍看護婦などだった。

会田雄次、有馬頼義、池部良、今村均、大岡昇平、扇谷正造、酒巻和男、迫水久常、志賀義雄、徳川夢声、松本俊一、村上兵衛、吉田茂……現在でも知られた著名人の名を記すとこんなところだろうか。

昭和三十八年の夏、誌上参加二人を含めて三十人の中で、その年まで生き永らえていたのは、九十八歳の南部伸清（戦争当時・潜水艦長）、九十四歳の池部良（パルマヘラ島守備隊）八十九歳の上山春平（回天特攻隊）、八十三歳の楠政子（沖縄白梅部隊看護婦）の四人に過ぎなかった。

座談会記事とは、ある話題について卓を囲んでフランクに話し合い、新聞・雑誌などに掲載をするため、編集者によって速記または録音原稿をもとに整理される記事である。

雑誌に初めて登場し注目されたのは昭和二年。菊池寛の発案により、彼の創刊した「文藝春秋」三月号に所載された。徳富蘇峰を中心に、菊池寛、芥川龍之介、久米正雄、山本有三による集まりの会だった。

御大が発案したこの形式は好評で、以来、「文藝春秋」のお家芸のようになり、幾多の名座談会を生んできたが、通常出席者は数名どまりであった。その程度の人数でも、一、二時間話すと、膨大な量になり、原稿にまとめるには、多大なテクニックを必要とした。

それを、三十人(誌上参加二人)のマンモス座談会を、東京五輪の前年に企てたのは、文藝春秋編集部の〝戦争おたく〟半藤一利だった。昭和史の戦前にこだわりをもち、太平洋戦争をひたすら調べていることから、社内では「半藤ではなく反動」呼ばわりをされている編集者だった。

その彼が言いだしっぺとなって、マンモス企画に挑んだのは、前号オリンピックで活躍したエースたち二十六人を集めて、誌上で名場面を回想・再現させた座談会「オリンピックの英雄たち」が好評だったからである。

出席者は村社講平、遊佐幸平、兵藤秀子(旧姓前畑)、織田幹雄、古橋廣之進、小野喬らであった。初参加のストックホルムから、東京オリンピックまでの五十年、汗と涙にぬれた激闘のかげの感動物語だった。

しかし、この大座談会にはからくりがあった。オリンピックごとに数人ずつを集めた会を五回くらいやって、さも全員が一堂に会したようにまとめたものだった。

戦争は遠い過去か

半藤一利は、マンモス座談会を受け持たされ、あらためて敗戦の舞台裏を調べてみた。日本のいちばん長い夏となった昭和二十年の八月十五日の動きは、主に陸軍、海軍、宮城、放送局の四つに収斂《しゅうれん》できた。

まず、四つの関係者から候補を選び出し、さらに海外の舞台、アメリカ、ソ連、中立国のスウェーデンにいた外交官。それに前線に従軍していた兵士、捕虜になっていた人たちの中から、出席者を集める算段をとった。

出席交渉をしてみると、快諾されて誌上参加の二人を除く二十八人が、料亭「なだ万」の大広間に顔を揃えることになった。

当日、座談会は四時間の超怒級を予定していた。が、五時間に及んだ。出席者の顔ぶれからみて、激論を覚悟していたが、彼らは冷静で他人の話を実に熱心に聞く態度だった。

司会を担当した半藤一利は、一同が冷静だったとして、次のように回想している。

「たとえば、ソ連大使だった佐藤尚武さんが、『私はソ連は必ず参戦すると何遍も電報を打ったでしょう』と言ったら、外務省次官だった松本俊一さんが、『受け取ってない』なんて言う。

そんなバカな話があるか、と佐藤さんが怒るかと思ったら、『そうか、そんなに本省はゴタゴタしていたのか』ぐらいで終わっちゃった」

このマンモス座談会をテレビ・ドラマで再現するには、出席者のキャスティングを決めなければならない。

苦労して配役に割り当てたのは、内閣書記官長だった迫水久常には、国際弁護士の湯浅卓、日本共産党幹部だった志賀義雄にはジャーナリストの田原総一朗、作家の大岡昇平には少壮学者の林望、内閣総合計画局長官だった池田純久には、ジャーナリスト鳥越俊太郎、徳川夢声には落語家立川らく朝、敗戦時補充兵として召集されたジャーナリスト扇谷正造一等兵には、NHKアナウンサー松平定知といったユニークなキャスティングだった。

田原、鳥越、林望、松平らは、テレビによく出て知られているだけに、彼らが扮した獄中十八年の志賀義雄、『レイテ戦記』『俘虜記』の戦争文学第一人者大岡昇平、あるいは驕慢な態度の扇谷正造のイメージに、齟齬《そご》をきたすところが多少はあった。

しかし、俳優は当然として、ジャーナリスト、作家、弁護士、落語家、料理研究家たちは、それぞれの役を熱演していた。

当日の朝日新聞の「試写室」は、次の通りに書いていていた。

「座談会そのものは、新事実も多く、反響を呼んだ。いま映像化する意味は？　そう考えていて、発言しない時の参加者の表情に、黙して死んでいった幾多の人々の思いを感じた。発言の重さと沈黙の重さ。映像ならではの力だろう。

ただ、読者も戦争体験を共有していた時期の網羅的な座談会を戦後六十五年の子供や若者に伝えるには、もうひと工夫ほしい」。

たしかに、戦争を知らない世代に戦争の意味を伝えることは難しい。半藤一利も十数年前、ある女子大の講師をやったとき、学生五十人に「太平洋戦争で日本と戦争しなかった国を、次の五つのうちから一つあげなさい」と、アメリカ、ドイツ、ソ連、豪州、オランダの国名を並べたところ、アメリカにマルをつけた女子学生が十二人。正解のドイツと答えたものが十三人ぐらいだったという。

そのうえ、アメリカと答えた者の中には「それで、どっちが勝ったんですか」と聞いたとか。

現実路線の成果

半藤一利は、いまや昭和史を語らして彼の右に出る者はいない。

膨大な著書を持ち、『昭和史』『昭和史　戦後篇』で毎日出版文化賞特別賞を受賞したほか、夫人の祖父にあたる『漱石先生ぞな、もし』で新田次郎文学賞、『ノモンハンの夏』で山本七平賞を受賞していた。

この昭和史の碩学《せきがく》と、私は平成六年三月二日、NHK教育テレビ、ETV特集「日本を作った日本人」の菊池寛をめぐって対談したことがあった。

浅学非才が、ETV特集などに引っぱり出されたのは、菊池寛の創刊した「文藝春秋」を、戦後、国民的雑誌へ躍進させた名編集者池島信平の評伝を書き、文藝春秋から上梓していたからだった。

池島は昭和八年、同社の第一回公募入社試験を受けて、数百倍の競争に勝ち入社していたが、終生、菊池寛を崇拝し編集者の手本としていた。私はこの池島信平の評伝をまとめた後、菊池寛の伝記も書いてみたいと、当時健在だった未亡人へアプローチを計ったが、

「今さら、思い出したくもありません」

と、孫の夏樹を通じ婉曲に断わられていた。

かなりの資料を集めていて、当時菊池寛の周辺を語れる自信はあった。

手もとに、対談当日の朝日新聞「試写室」のキリ抜きがあるので、それを転写する。

「最近は政治家をテーマにすることが多かったが、今回は菊池寛を取り上げる。今年四月号で千号を迎える総合雑誌『文藝春秋』を創刊した雑誌ジャーナリズムの旗手としての側面に、近代史研究家半藤一利さんと出版ジャーナリスト塩澤実信さんの対談で迫る。

『文藝春秋』の創刊は一九二三（大正十二）年一月、同年九月に関東大震災で休刊して、『生

活第一、芸術第二』を痛感した菊池は、十二月から現実主義的な企画を中心とした雑誌に変身させる。ルポや体験記、座談会などの手法はこの時にも生み出された。また、芥川、直木両賞の創設などにもアイデアマンぶりを発揮する。（中略）

景気打開策に関する座談会を開いたり、東北の不作をリポートしたり、そのまま現代の雑誌やテレビに通じる手法を考え出した菊池。二人が語るように、もしいま生きていたら、何をしたのか、と興味深い」。

NHK ETV 特集「日本を作った日本人」で半藤一利と対談の塩澤

昭和史に通暁《つうぎょう》する半藤一利が、東京オリンピックの前年に、マンモス座談会『日本のいちばん長い日』を文藝春秋誌上で展開したのは、菊池寛、池島信平といったすぐれたジャーナリストのＤＮＡを濃厚に受け継いでいたからにほかならない。

曲がりなりにも平和裡に六十五年目を迎えた敗戦記念の八月十五日に、映画とテレビで『日本のいちばん長い日』が取りあげられたのも、宜《むべ》なるかなであった。

（本文中敬称略）

あとがき

ライターにとって、書きたいことを、書きたいときに、書きたいように書ける発表の場を持てるのは、願ってもないことである。

何の注文、制約を受けることもなく、思いのまま、それを許されるのは、よほどの大物か、功成り名遂げた人物、あるいは、発表の場を自ら持つ分限者であろう。

具体的な例をさがせば、前者に国民作家の盛名をほしいままにした晩年の司馬遼太郎がいる。後者には「文藝春秋」を創刊したジャーナリストの天才、菊池寛の名前を挙げることができるだろう。

菊池寛は、大正十二年（一九二三）年一月、定価十銭、本文二十八頁の手の中に軽くまるめられる小雑誌「文藝春秋」を創刊したが、意図したのは、文壇の寵児にしてはじめて可能な理由からだった。

「私は頼まれて物を云うことに飽いた。自分で、考えていることを、読者や編集者に気兼ねなしに、自由な心持で云って見たい。友人にも私と同感の人々が多いだろう。又、私が知っている若い人達には、物が云いたくて、ウズウズしている人が多い。一には自分のため、一には他のため、この小雑誌を出すことにした」

「創刊の辞」に、直裁的に言いたいことを、ズバズバと述べているのに対し、菊地は「編輯後記」で、さらに風変わりな、楽屋裏をさらけ出したことを書いていた。

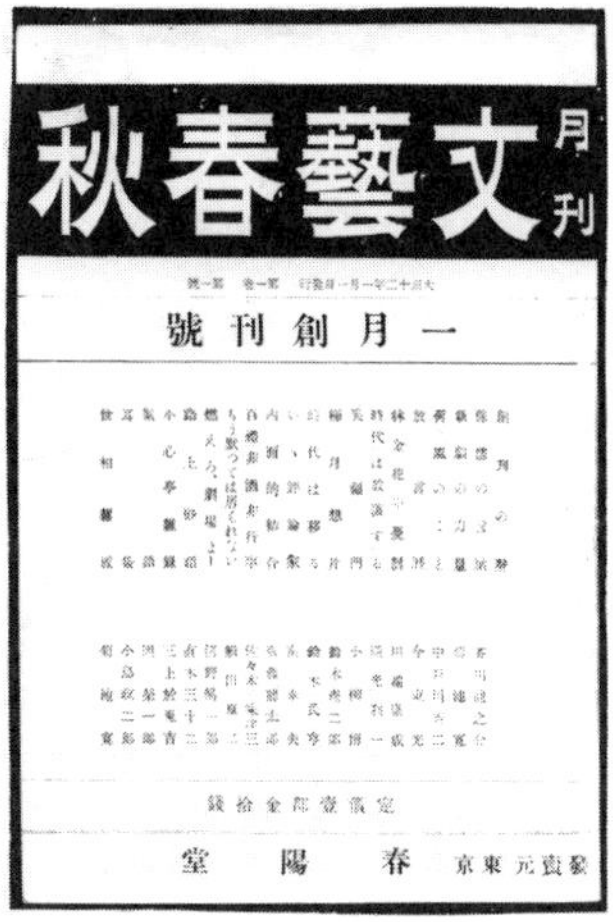
月刊 文藝春秋
一月創刊號
定價壹部金拾錢
發賣元東京 春陽堂

菊池寛創刊『文藝春秋』創刊号

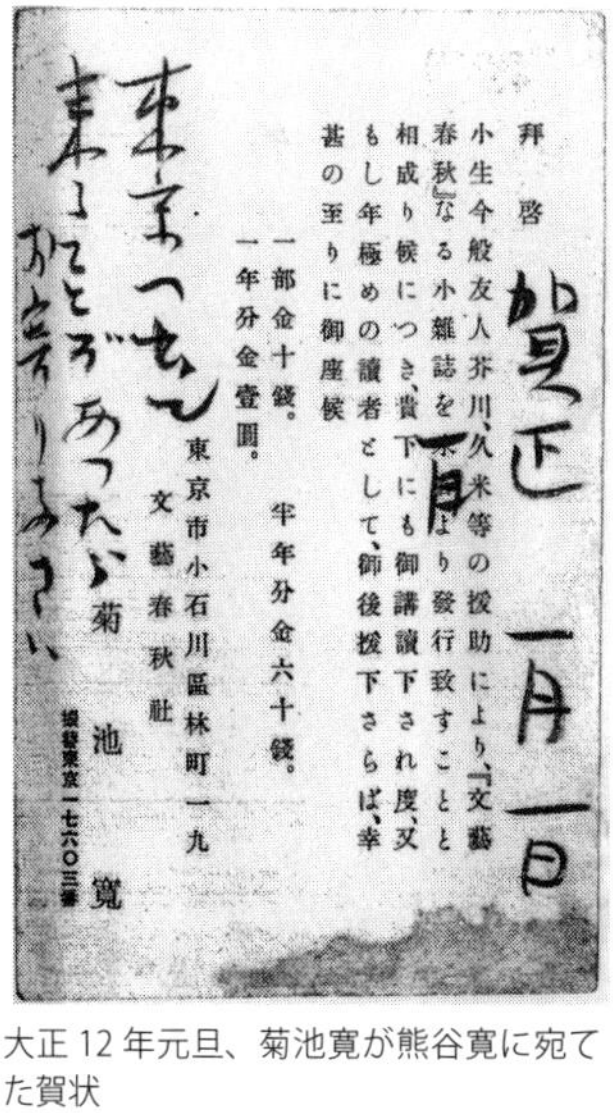
拝啓
小生今般友人芥川、久米等の援助により「文藝春秋」なる小雑誌を發行致すことと相成り候につき、貴下にも御講讀下され度、又もし年極めの讀者として、御後援下さらば、幸甚の至りに御座候
一部金十錢。半年分金六十錢。一年分金壹圓。
東京市小石川區林町一九
文藝春秋社 菊池寛
振替東京一七六〇三番

大正 12 年元旦、菊池寛が熊谷寛に宛てた賀状

「もとより気まぐれに出した雑誌だから、何等の定見もない。原稿が、集まらなくなったら、来月にも廃するかも知れない。また、雑誌も売れ景気もよかったら、拡大して、創作ものせ、堂々たる文藝雑誌にするかも知れない」

創刊号に、こんなことを書いた「文藝春秋」は、当初、ゴシップ雑誌の体の小雑誌だったが、執筆者が芥川龍之介、川端康成、横光利一、佐々木三津三、直木三十五、小島政二郎等々、後年、昭和文壇に名を成す面々だったのと、空理空論を排し、ヒューマン・インタレストを核に据え、話題性に徹した編集方針を通したのが幸運を呼び、発行部数はうなぎ昇りに増え、十年後には堂々たる総合雑誌になっていた。

『話の屑籠』を踏襲

「文藝春秋」には、菊池寛の一読、溜飲のさがる「話の屑籠」が連載されていた。
千字程度の胸のすくようなコラムだった。
そのコラムに創刊十周年、彼は次の通り書いていた。

編集者に会う菊池寛（金山御殿と呼ばれた自邸で）

「『文藝春秋』創刊以来十年の月日は、短くまた長く感ぜられる。最初は趣味で、道楽で始めたことが、今ではビジネスになり、原稿も最初は書きたいことだけを書くことにして置いたのが、今ではゼヒ書かねばならなくなったし、社員四、五十名の生活を負担しているから、経営の苦心もしなければならず（中略）創刊当時に比べて煩わしいことが多くなった。『文藝春秋』の功績は、出版物の市価を安くしたことで、雑誌の低廉は引いて円本の発行となって居り、その点で大いに認めてくれてもいい。（後略）」

長々と、天才的ジャーナリストの行跡に触れたのは、この『人間力　話の屑籠』に収録した拙文が、私の出自の地、信州は飯田で発行されている南信州新聞紙上に、書きたいとき、書きたいことを、書きたいように書いたものの集成だからである。

同紙の関谷邦彦社長にすすめられるまま、当初、「03通信」の題名で、三十数年前にスタートしていて、出版ジャーナリストの身辺から拾ったトピックスを、随時、掲載してきていた。

文壇のこぼれ話、活字に残る逸話、政財界、芸能界のトピックス、昭和史の秘話など、広範にわたったが、自らに課した一つの条件は、執筆の周辺を裏づける写真があることと、柄にもない高みに立った物言いはしないことだった。

それゆえ、まず、書く話題の主と私が撮った写真があるか、あるいは証拠を示す現場資料があることを、条件としたのである。

そのため、面白い話題はあっても、写真や資料がないので、逸した話のタネは少なくなかった。

随時、書きつづけて、塵も積れば……になり、一部は既に南信州新聞社出版局から『りんご並木の街いいだ』『人形劇の街いいだ』、一草舎から『飯田の昭和を彩った人々』のタイトルで刊行される道筋を辿っている。

遅れて、今回、拙著が刊行されることになったのは、テーマが地域に馴染まないためストックになっていたものを、展望社・唐澤明義社長の慫慂に従い、まとめたからである。

折しも、郷里の飯田市で愚生の刊行著書が百冊を超えたのを記念して、木下工業会長木下長志実行委員長を筆頭に、元飯田市立図書館長今村兼義、南信州新聞社社長関谷邦彦、元飯田市役所学校教育課長塚平清俊、ツノダ会長角田俊實、飯田信用金庫理事長森山和幸、元平安堂社長平野瑛児、郷土出版社創業者高橋将人の各氏が発起人になって、『塩澤実信の仕事――出版文化展』を、飯田市教育委員会共催のもとに開かれるとあって、そのよろこびの時期と重なった。

この場を借りて、出版一筋に生きてきた道程で、ご指導を賜った各位、数多の拙著をお読みいただいた読者諸代に、満腔の感謝を申し上げたい。

平成二十七年三月吉日

塩澤実信

塩澤《しおざわ》 実信《みのぶ》

長野県生まれ。日本ペンクラブ名誉会員、日本出版学会会員。東京大学新聞研究所講師、日本ジャーナリスト専門学校講師、日本レコード大賞審査員などを歴任。

著書に『出版社の運命を決めた一冊の本』(流動出版)『雑誌をつくった編集者たち』(廣松書店)『昭和ベストセラー世相史』(第三文明社)『出版その世界』(恒文社)『動物と話せる男』(第36回青少年読書感想文全国コンクール課題図書・中学生必読書・理論社)『古田晁伝説』(河出書房新社)『昭和歌謡100名曲 1~5』(北辰堂出版)『出版社大全』『倶楽部雑誌探究』『戦後出版史』(以上論創社)『本は死なず』『定本ベストセラー昭和史』『活字の奔流』『文藝春秋編集長』『ベストセラーの風景』『昭和の流行歌物語』『昭和の戦時歌謡物語』『昭和のヒット歌謡物語』『昭和の名編集長物語』(以上展望社)ほか多数。

人間力『話の屑籠』

二〇一五年三月一九日　初版第一刷発行

著　者――塩澤実信
発行者――唐澤明義
発行所――株式会社 展望社

郵便番号一一二―〇〇〇二
東京都文京区小石川三―一―七　エコービル二〇二
電　話――〇三―三八一四―一九九七
FAX――〇三―三八一四―三〇六三
振　替――〇〇一八〇―三―三九六二四八
展望社ホームページ http://tembo-books.jp/
印刷・製本――上毛印刷株式会社

定価はカバーに表示してあります。
落丁本・乱丁本はお取り替えいたします。

ISBN978-4-88546-295-5

塩澤実信のロングセラー